JACKIE ASHENDEN

L'enfant d'une vendetta

Traduction française de
LOUISE LAMBERSON

AZUR

HARLEQUIN

Collection : Azur

Titre original :
CLAIMING HIS ONE-NIGHT CHILD

HARPERCOLLINS FRANCE
83-85, boulevard Vincent-Auriol, 75646 PARIS CEDEX 13
Service Lectrices — Tél. : 01 45 82 47 47 - www.harlequin.fr
ISBN 978-2-2804-3641-0 — ISSN 0993-4448

Composé et édité par HarperCollins France. Achevé d'imprimer en décembre 2020.
par CPI Black Print - Barcelone - Espagne
Dépôt légal : janvier 2021.

MIXTE
Papier issu de sources responsables
FSC® C108412

Pour limiter l'empreinte environnementale de ses livres, HarperCollins France s'engage à n'utiliser que du papier fabriqué à partir de bois provenant de forêts gérées durablement et de manière responsable.

1.

Sant'Iddio !

Dante Cardinali avait l'habitude de se réveiller dans des lits inconnus auprès de femmes superbes, mais jamais avec un pistolet braqué sur lui comme maintenant ! Et la ravissante créature penchée au-dessus de lui paraissait savoir se servir de son arme…

Comment il s'était retrouvé ligoté, les poignets et les chevilles attachés aux montants du lit, il n'en avait aucun souvenir. Il avait forcément dû perdre connaissance à un moment ou à un autre. Ce qu'il se rappelait, en revanche, c'étaient les magnifiques yeux bleus de cette jeune femme, et leurs incroyables reflets argentés.

Il l'avait rencontrée dans son club VIP préféré de Monte-Carlo, et il avait passé un moment à bavarder avec elle. Combien de temps avaient-ils causé ? Impossible à dire. Ces temps-ci, il n'était pas d'humeur à séduire, phénomène qui avait tendance à se reproduire de plus en plus souvent – ce qui devenait un peu préoccupant, à bien y songer. Aussi évitait-il d'y songer, car l'introspection n'était pas son fort.

De toute façon, ça ne lui aurait pas été d'un grand secours maintenant.

Dans ces yeux bleus se lisait une concentration intense, comme si leur propriétaire se demandait si elle allait presser la détente tout de suite ou non.

C'était plutôt bon signe. Si elle ne l'avait pas tué alors

qu'il était réduit à l'impuissance, cela signifiait qu'elle avait des raisons de ne pas le faire trop vite. Par conséquent, il avait un espoir de la convaincre de renoncer à son funeste projet. N'était-il pas réputé pour obtenir tout ce qu'il désirait de n'importe qui s'il s'en donnait la peine ?

Or, s'il se fichait quasiment de tout, il tenait en revanche farouchement à la vie. Par conséquent, il allait falloir qu'il s'emploie à sortir de cette situation fâcheuse, et vite.

— Trésor, commença-t-il, la gorge un peu sèche, vous ne croyez pas que vous exagérez ? Si vous voulez qu'on couche ensemble, posez ce pistolet, déshabillez-vous et allongez-vous à côté de moi.

Il esquissa une moue tendrement réprobatrice.

— Vous n'aviez pas besoin de m'attacher... Ni de mettre quelque chose dans mon verre.

La jeune femme – impossible de se souvenir de son prénom – ne cilla pas.

— Je n'ai pas la moindre envie de coucher avec vous, Dante Cardinali, dit-elle d'une voix glaciale. Je préfère de loin vous tuer.

De toute évidence, elle ne plaisantait pas.

Étrangement, pourtant, il ne ressentait aucune peur. Plutôt de l'excitation. Cela faisait si longtemps qu'il n'en avait pas éprouvé que ce constat le réjouit.

— Vous ne trouvez pas cela un peu extrême... ?

— Le châtiment est à la hauteur du crime, l'interrompit-elle de la même voix glaciale.

Le pistolet restait pointé sur sa tête, mais elle n'appuyait toujours pas sur la détente. Intéressant...

Il la regarda avec attention.

Avec sa petite taille, son corps menu aux courbes délicates, elle ressemblait à une poupée de porcelaine. Il détailla ses cheveux lisses aux reflets d'or tombant sur ses fines épaules, ses traits ciselés, son petit menton déterminé, ses pommettes hautes, le dessin parfait de sa jolie bouche…

La robe de soirée en soie du même bleu argenté que ses yeux mettait en valeur ses formes ravissantes, ce qui le faisait presque saliver.

— Quel crime ? demanda-t-il avec curiosité. Seriez-vous sicilienne, par hasard ? S'agit-il d'une vendetta ?

En réalité, il savait déjà qu'elle n'était pas sicilienne. Son italien trahissait ses origines : cette femme venait d'une région qu'il connaissait bien : Monte Santa Maria, l'île dont il avait été banni avec le reste de sa famille des années plus tôt. Le royaume où avait régné son père.

— Non, je ne suis pas sicilienne, répondit-elle d'un ton neutre. Mais vous le savez déjà, n'est-ce pas ?

Il soutint son regard, et il décela de l'indécision au fond de ses yeux bleus. Et elle n'avait toujours pas pressé la détente.

Il était doué pour deviner les gens, raison pour laquelle, entre autres, il avait réussi dans les affaires au sein de l'entreprise que son frère et lui avaient créée. Il avait déjà eu l'occasion de rencontrer des assassins. Cette femme n'en faisait pas partie, il l'aurait parié.

— Oui, acquiesça-t-il en tirant discrètement sur les liens pour en tester la solidité.

Ils tenaient bon. S'il voulait se libérer, il devait compter avec sa ravissante geôlière.

Ah, mais oui, tout lui revenait à présent !

Il la revit, installée sur un canapé et lui souriant timidement. Elle lui avait paru innocente et candide, un peu nerveuse, et en dépit de son parfum capiteux et sensuel, il l'avait crue lorsqu'elle avait dit que c'était la première fois qu'elle mettait les pieds dans un club.

Ensuite, il s'était assis à côté d'elle, et ils avaient bavardé. De quoi ? Il n'en avait pas le moindre souvenir. En revanche, il se rappelait ne pas s'être ennuyé, alors que depuis quelque temps il s'ennuyait partout et avec tout le monde.

Mais à présent il n'y avait plus aucune trace de timidité dans ses yeux bleus. Elle l'observait avec la tranquillité d'un scientifique qui s'apprête à disséquer un insecte. La veille au soir, elle avait dû jouer la comédie, et il ne s'en était même pas aperçu.

Elle l'avait bien eu !

Il sentit les battements de son cœur s'accélérer, son excitation augmenta d'un cran.

Qu'est-ce qu'il lui prenait, bon sang ? Cette femme voulait le tuer, et il avait envie d'elle ?

Sa vie était devenue insipide. Cela faisait trop longtemps qu'on ne lui posait aucun défi. Le seul événement un peu intéressant avait été le mariage de son frère Enzo, lequel avait épousé une charmante Anglaise.

Il avait fait la connaissance de son neveu, Simon, un sacré petit diable qui avait décidé de le considérer en pote avec qui faire les cent coups plutôt qu'en oncle respectable. Il lui avait fallu une semaine pour s'en remettre !

Le mariage et les enfants, ce n'était pas pour lui. De tels liens impliquaient à son goût trop de compromis et d'obligations au quotidien.

En revanche, la femme sexy qui le tenait en joue était plus qu'à son goût… Mais l'attirance n'était apparemment pas réciproque, à moins qu'elle ne cache bien son jeu.

Pour en avoir le cœur net, il lui suffisait d'user d'un peu de ruse – ce qui était tout à fait dans ses cordes, même dans cette situation inconfortable.

— Oui, c'est vrai, reconnut-il. J'ai compris qui vous étiez dès le début, et j'ai simplement été curieux de voir ce que vous attendiez de moi.

Un léger sourire arrondit la jolie bouche.

— Ah… Dans ce cas, vous pouvez m'expliquer ce que vous faites ici.

— Ce n'est pas plutôt à vous de me l'expliquer ? répliqua-t-il en haussant un sourcil.

— Non, je vous laisse la parole, puisque vous savez déjà tout. Allez-y, je vous en prie. Je vous écoute.

Un courant brûlant le traversa.

De plus en plus intéressant. Elle le prenait à son propre jeu, la petite futée !

S'accordant le temps de réfléchir, il promena lentement son regard sur le corps menu aux courbes affolantes.

Si elle était bien de Monte Santa Maria – ce dont il était quasi certain —, la raison de cette séquestration devait avoir un rapport avec sa famille. Les Cardinali avaient autrefois régné sur l'île, jusqu'à ce que la gestion de son père devienne tellement calamiteuse que le gouvernement avait fini par le détrôner et l'exiler avec toute sa famille.

Durant son règne agité, Luca Cardinali ne s'était pas gagné beaucoup d'amis. Cela signifiait-il que cette femme appartenait à une famille à qui il avait fait du tort ?

Elle était jeune, plus jeune que lui, et lui-même n'avait que onze ans au moment où sa famille avait dû partir. Il ne se rappelait pas grand-chose de Monte Santa Maria. Il avait même tout fait pour oublier son pays natal.

— Très bien, si vous insistez… Votre accent m'est familier, c'est celui de Monte Santa Maria – je me trompe ? Et à en juger par votre antipathie envers moi, il est probable que mon père a nui autrefois à quelqu'un des vôtres, car vous êtes trop jeune pour que Luca vous ait fait du tort personnellement…

Il s'interrompit, fouillant son regard.

— Compte tenu de votre accent, je dirais que vous faites partie de l'une des grandes familles de Monte Santa Maria. Les…

Le nom qu'il cherchait lui revint enfin.

— … Les Montefiore.

Une lueur stupéfaite traversa les yeux bleu argenté.

Ainsi, il avait vu juste.

— Simple supposition, répliqua-t-elle avec une petite moue. Vous n'êtes sûr de rien.

Il lui sourit.

— Et vous, vous êtes une comédienne-née. Si vous voulez appuyer sur la détente, faites-le maintenant, trésor. Sinon, je risque de mourir avant, d'ennui…

— Vous croyez qu'il s'agit d'une plaisanterie ?

— Avec ce pistolet braqué sur ma tête ? Certainement pas. Mais si, vous, vous croyez que c'est la première fois que je me réveille ligoté sur un lit, vous vous leurrez.

— Il ne s'agit pas non plus d'un jeu sexuel, Cardinali.

— Je m'en étais rendu compte. S'il s'agissait de cela, vous seriez nue, et moi aussi, et vous m'appelleriez par mon prénom. Ou plutôt, vous le crieriez.

Une imperceptible roseur colora la peau claire des pommettes de la jeune femme, qui baissa furtivement les yeux sur le corps de Dante.

Excellent. Elle n'était pas indifférente à son charme viril, finalement. Le plaisir n'en serait que plus grand.

— Vous êtes très décontracté, pour un homme qui va mourir, dit-elle, les mâchoires crispées.

— Si je devais vraiment mourir, répliqua-t-il avec calme, je serais déjà mort. Or, je suis toujours bien vivant. Vous avez mis quelque chose dans mon verre, négocié avec mes gardes du corps, quelqu'un a réussi à me transporter jusqu'à…

Il jeta un bref regard autour de lui dans ce qui ressemblait à une chambre d'hôtel cinq étoiles.

— … Jusqu'ici. On m'a ligoté aux montants du lit, puis vous avez attendu que je me réveille, et vous avez commencé à me parler au lieu de me supprimer…

Après l'avoir laissée le dévisager en silence, il prit une voix plus sensuelle.

— Et le petit regard que vous m'avez adressé il y a un instant, trésor, était très éloquent : ce que vous brûlez de faire, ce n'est pas me tuer.

Il la gratifia de ce sourire qui avait conquis tant de femmes dans le monde entier.

— Alors, je vous en prie. Je suis entièrement à votre disposition – et à votre merci, ajouta-t-il, moqueur.

Stella Montefiore n'avait jamais pensé qu'éliminer le benjamin des fils Cardinali serait facile. Riche, célèbre et toujours entouré de quantité de gens, elle savait qu'elle aurait beaucoup de mal à l'approcher. Mais depuis qu'elle s'était chargée de cette mission, six mois plus tôt, elle avait concentré tous ses efforts pour mettre au point une stratégie solide.

Sa famille comptait sur elle. Surtout son père.

Il s'agissait en effet de venger la mort de son fils et l'honneur des Montefiore. Pour elle, cela représentait aussi une chance de se racheter car ses parents ne lui avaient jamais vraiment pardonné d'être responsable de la mort de son frère.

Par conséquent, elle n'avait pas droit à l'erreur.

Jusqu'à présent, tout s'était déroulé comme prévu. Dante Cardinali était « à sa merci », comme il venait lui-même de le dire.

Alors, pourquoi n'appuyait-elle pas sur la détente ?

Il était là, étendu sur le lit de la chambre d'hôtel où elle avait réussi à le transporter avec l'aide du personnel après leur avoir raconté qu'il avait trop bu. Pieds et poings liés, il n'aurait pas dû être dangereux…

Et pourtant.

Il y avait quelque chose de profondément troublant dans ce corps viril allongé. L'étoffe raffinée de son pantalon mettait en valeur ses cuisses musclées, sa chemise blanche moulait son torse puissant. Sans parler de la sensualité du regard qu'il dardait sur elle, de ses longs cils épais et noirs, et des pépites dorées qui luisaient dans ses yeux sombres.

Dante Cardinali paraissait complètement détendu, comme s'il se réveillait chaque jour avec un pistolet pointé sur lui et que ça ne le dérangeait pas le moins du monde.

La beauté somptueuse de cet homme la fascinait malgré elle. Ces traits nobles, cette mâchoire volontaire, ce nez droit et cette bouche sexy, la plus attirante qu'elle ait jamais vue… Il lui faisait penser à un ange déchu au corps de guerrier et au visage sublime. Le magnétisme sexuel puissant qui émanait de sa personne attirait sans doute les femmes comme des mouches.

En dépit de ses recherches approfondies sur Dante Cardinali, elle ne s'était pas attendue à cela. Ni à ses propres réactions face à cet homme superbe.

— Puisque vous êtes effectivement à ma merci, dit-elle en s'efforçant de dissimuler son trouble, vous devriez me supplier de vous laisser la vie au lieu de faire ces remarques déplacées sur ma prétendue envie de coucher avec vous. Je préférerais mourir, soit dit en passant.

À ces mots, il éclata de rire, d'un rire profond et sensuel qui coula sur sa peau comme un velours chaud.

— Oh ! je n'en doute pas, belle tigresse ! Si vous m'accordez cinq minutes, c'est vous qui me supplierez. Et ce ne sera pas pour que je vous laisse la vie, Stella Montefiore.

Totalement désarçonnée, elle sentit toute excitation la déserter, et un frisson glacé la traversa.

Il *savait* qui elle était.

La paume moite, elle resserra les doigts autour du pistolet.

Elle s'était entraînée sur les boîtes de conserve du champ de tir improvisé installé par son père dans les collines, derrière la maison décrépite dans laquelle ils s'étaient réfugiés après l'arrestation de son frère. Elle avait peaufiné cet art quand elle ne travaillait pas dans le restaurant où elle avait trouvé une place de serveuse – impossible de prétendre à un autre emploi, car personne ne voulait embaucher une Montefiore, ce nom étant associé à un passé politiquement gênant.

Mais tirer sur une boîte de conserve vide, cela n'avait rien à voir avec tirer sur un homme bien vivant.

Elle déglutit, la bouche sèche.

Elle ne devait pas le voir comme une personne. Il s'agissait de vengeance. De Matteo. Et de son propre salut. Alors, une petite pression sur la détente, et tout serait terminé.

C'était elle qui avait tenu à s'en charger. Lorsque son père avait parlé de faire appel aux services d'un professionnel, elle s'y était opposée, arguant qu'il valait mieux qu'un membre de la famille s'en occupe. Et que ce devait être elle. Son père avait répliqué qu'elle était trop faible, trop sensible, mais elle avait insisté, affirmant qu'elle pouvait le faire.

Et elle avait eu raison. C'était facile. Il suffisait d'appuyer…

— Vous vous trompez, déclara-t-elle d'une voix ferme. Je ne suis pas cette femme.

Pourquoi parlait-elle au lieu d'agir ?

— Ah bon ? fit-il, les yeux étincelants. Excusez-moi.

Seigneur, cette voix profonde, aux accents veloutés qui faisaient naître en elle des sensations malvenues…

Ces sensations avaient frémi en elle dès l'instant où elle avait aperçu Dante Cardinali en chair et en os. Elle avait passé des mois à l'observer de loin, en photo ou dans des vidéos consultables en ligne. Elle avait épluché tous les articles évoquant son histoire, son style de vie, son mode de fonctionnement en tant qu'homme d'affaires, sa personnalité. Elle s'était construit le portrait d'un play-boy qui passait apparemment plus de temps dans les clubs privés que dans les bureaux de Cardinali Developments, la multinationale tentaculaire qu'il dirigeait avec son frère Enzo. Il faisait souvent la une des magazines people et fréquentait les femmes les plus sophistiquées et les plus belles du monde, qui raffolaient toutes de lui.

— Personne ne le regrettera, avait dit sèchement Stefano Montefiore. Il est aussi égoïste que l'était Luca. Les gens de cette famille sont la nuisance incarnée, des ordures.

Sans doute. Mais quand elle était entrée dans le club de Monte-Carlo, malade de nervosité et incapable d'afficher l'indifférence hautaine qui permettait de s'introduire dans cet établissement privé réservé aux VIP, Dante Cardinali avait surgi de nulle part. Il avait dit au videur de la laisser entrer, qu'il n'y avait pas de problème, et il n'avait *rien* eu à ses yeux d'une ordure. Au contraire.

Il lui avait souri, mais pas d'un sourire de don juan aguerri. Un sourire gentil, presque rassurant, qui lui avait fait un bien fou. En fait, Dante l'avait prise sous son aile et s'était montré adorable avec elle durant toute la soirée. Après être allé leur chercher deux cocktails au bar, il s'était installé à côté d'elle et lui avait parlé tranquillement de tout et de rien.

Au lieu du prédateur cynique qu'elle s'attendait à rencontrer, elle avait découvert un homme si charmant, si beau, si attirant, qu'elle en avait presque oublié la raison pour laquelle elle se trouvait dans ce club.

Il l'avait éblouie. Grâce à lui, elle avait eu l'impression d'être le centre de l'univers et, pour la première fois de sa vie, d'être importante.

Jusqu'à ce qu'il baisse les yeux sur sa montre en or et qu'il annonce qu'il allait devoir la quitter.

Se rendant compte que sa proie allait lui échapper, elle s'était empressée de proposer encore un verre, le dernier.

Il avait acquiescé et n'avait pas remarqué qu'elle versait quelque chose dans le sien.

Mais à présent le sourire jouant sur sa belle bouche n'avait plus rien de gentil. C'était celui d'un prédateur. Visiblement, il ne la voyait plus comme une jeune femme nerveuse et inexpérimentée, mais comme une égale.

Elle sentit son cœur faire un petit bond, et une excitation mystérieuse s'empara d'elle.

— Je m'appelle Carlotta. Je vous l'ai dit hier soir.

— Ah, pardonnez-moi… J'ai les idées un peu confuses, voyez-vous. Quelqu'un doit avoir mis quelque chose dans mon verre.

En dépit des liens qui le retenaient prisonnier, il remua légèrement sur le lit. Comme pour être plus à l'aise.

— Comptez-vous rester là toute la nuit à me parler, ou allez-vous vous décider à m'assassiner de sang-froid ? Si vous optez pour la première éventualité, ne soyez pas froissée si je m'endors. C'est épuisant, toute cette excitation.

Quand il remua de nouveau, elle respira les effluves épicés de son eau de toilette. Un effluve de santal et un autre plus musqué.

— Cela vous est égal de mourir ?

— Oui, puisque vous ne me tuerez pas, de toute façon.

Le doigt posé sur la détente tressaillit.

— Vous n'en savez rien !

— Je vous en prie, trésor. Je vous l'ai dit il y a quelques instants : si vous aviez vraiment l'intention de me tuer, vous l'auriez déjà fait.

Un nouveau frisson la parcourut.

Il avait raison. Elle aurait dû, mais elle n'en avait rien fait.

Elle devait supprimer cet homme ! Elle s'y était préparée pendant des mois. Pour son père et pour honorer la mémoire de son frère. Pour sauver l'honneur des Montefiore : œil pour œil, dent pour dent. L'un des fils de Luca Cardinali devait mourir, et comme l'aîné, Enzo, était intouchable, il ne restait que le benjamin.

Sauf que…

Le regard de Dante l'enveloppa dans sa merveilleuse chaleur.

— Baissez ce pistolet, trésor, dit-il tranquillement. Quel que soit mon prétendu crime, je ne vaux pas la peine que vous fichiez votre vie en l'air pour moi.

Pas question de baisser son arme. Elle devait se concentrer et penser à son père. Lui prouver qu'elle était forte et insensible.

Et pourtant, sa main tremblait.

Pourquoi Dante Cardinali se préoccupait-il de son sort, alors qu'elle-même se moquait bien de ce qu'il lui arriverait après qu'elle aurait achevé sa mission ?

— Ma façon de gérer ma vie ne regarde que moi.

Les yeux sombres aux pépites dorées fouillèrent les siens, la faisant frémir au tréfonds d'elle-même.

— Étant donné que c'est à cause de moi que vous la mettez en péril, cela me regarde au contraire au premier chef. Et je n'en vaux pas la peine, croyez-moi, répéta-t-il.

Elle aurait dû tirer là, maintenant. Au lieu de cela, elle baissa le bras, de guerre lasse.

Trop tard. Elle n'avait pas tiré, et maintenant c'était trop tard. Elle avait échoué.

Tout ce travail pour rien.

Depuis la mort de Matteo, elle avait lutté de toutes ses forces pour vaincre sa faiblesse. Elle s'était endurcie pour se débarrasser des émotions que ses parents méprisaient tant. Mais, de toute évidence, une part d'elle-même demeurait faible.

Une vague de colère mêlée de honte la submergea. Sans réfléchir, elle posa le pistolet sur la table de nuit, se pencha au-dessus de Dante et appuya les mains sur l'oreiller, de chaque côté de sa tête.

Dante n'accordait pas la moindre attention au pistolet, il continuait de la regarder droit dans les yeux. Ses cheveux noirs ressortaient sur le blanc de la taie, ses yeux sombres la contemplaient avec défi.

— Que se passe-t-il ? murmura-t-il. La belle tigresse va-t-elle enfin me montrer ses griffes ?

Les pépites dorées étincelaient.

Le calme et la décontraction de cet homme superbe la révoltèrent. Il avait lu en elle. Il l'avait devinée.

Ah ! il la provoquait ? Pas de problème, elle n'avait peut-être pas de griffes, mais elle avait des dents.

Sans dire un mot, elle pencha la tête et lui mordit la lèvre.

2.

Lorsqu'elle planta délicatement les dents dans sa lèvre, Dante ressentit une douleur aussi vive que suave, pour ne pas dire exquise, et sa libido réagit instantanément.

D'instinct, il tira sur les liens, brûlant d'attirer contre lui Stella Montefiore – car il était certain de ne pas se tromper, elle s'appelait bien Stella et non Carlotta.

Elle l'avait surpris, il ne s'attendait vraiment pas à une telle manœuvre, et pourtant, juste avant qu'elle penche la tête pour le mordre, l'éclat furieux qui illumina ses yeux bleus aurait dû l'alerter.

Ainsi, sa belle geôlière n'était pas aussi calme qu'elle le paraissait !

Cette découverte le ravissait, son parfum capiteux l'enivrait, ses longs cheveux soyeux lui caressaient le cou… Tout en elle l'excitait, l'attirait.

Si seulement il avait les mains libres !

Il ouvrit la bouche et effleura ses lèvres pulpeuses du bout de la langue. Elle se raidit puis desserra les dents. Il la mordit à son tour, mais pas méchamment. Juste un petit mordillement, pour voir comment elle allait réagir.

Elle redressa la tête, les yeux étincelants de rage, les pommettes rose vif.

— Allez au diable, chuchota-t-elle.

— Pourquoi ? demanda-t-il, la voix rauque. Parce que je

vous ai empêchée de commettre un acte qui vous répugne ? Parce que vous n'êtes pas une meurtrière ?

Sans répondre, elle pencha de nouveau la tête et referma cette fois durement ses lèvres sur les siennes.

En matière de baiser, elle n'avait aucune expérience, c'était évident, mais sa bouche avait un goût de fureur et de passion qui palliait sa maladresse.

Il avait déjà connu des novices, bien qu'il évite de fréquenter des femmes ne sachant pas à quel genre d'homme elles avaient affaire. La colère, il connaissait aussi. Sans parler de la passion. Mais jamais encore il n'avait rencontré les trois à la fois. Encore moins chez une femme qui avait été sur le point de lui tirer une balle dans la tête.

Stella Montefiore lui réservait-elle encore des surprises ?

Il avait remarqué la honte dans son regard après qu'elle avait posé son arme. Une honte vite remplacée par la rage. Le fait d'avoir échoué dans sa mission la dévastait, il n'avait aucun doute là-dessus. Et pourtant, au lieu de l'abattre, elle l'avait embrassé.

Très intéressant.

Non seulement cette femme trahissait sa vulnérabilité, mais elle vibrait de passion – un mélange des plus excitants.

— Tu es sûre de savoir ce que tu fais ? murmura-t-il contre ses lèvres.

Pour toute réponse, elle le mordit à nouveau, plus fort.

Il tressaillit en sentant ses mamelons durs lui effleurer le torse à travers sa chemise, et le désir le lancina presque douloureusement.

Cela faisait des mois qu'une femme n'avait pas eu le pouvoir de l'exciter ainsi. Et il n'était pas homme à se refuser quoi que ce soit. Le contrôle, il le réservait pour des situations bien précises mais, quand il s'agissait de sexe, il se laissait complètement aller.

Cependant, vu que Stella avait eu l'audace de le droguer

et de l’attacher à ce lit, il ne céderait pas aussi facilement à ses caprices.

Doucement, il glissa la tête sur l’oreiller de façon à écarter sa bouche de la sienne.

— Si c’est ça que tu veux, tu vas devoir le demander, jolie tigresse.

L’air encore plus furieux, elle voulut l’embrasser à nouveau, mais il serra les lèvres.

Elle se redressa et le foudroya du regard, les joues en feu. Puis, après l’avoir contemplé un long moment en silence, elle se redressa complètement et recula d’un pas.

Mais elle n’avait pas l’intention de s’en aller, comprit-il. Elle venait de prendre une décision. Et, en devinant laquelle, il sentit le désir fuser en lui.

Le suspense devenait de plus en plus palpitant. Chaque seconde représentait un nouveau défi.

Stella resta immobile à le regarder sans dire un mot. Puis elle leva les mains et baissa les bretelles de sa robe sur ses épaules. L’étoffe glissa sur son corps dans un bruissement de soie avant de former un petit tas à ses pieds.

Sa belle geôlière se tenait devant lui, parée en tout et pour tout d’une minuscule culotte de dentelle.

Au cours de sa vie, il avait eu l’occasion de voir quantité de femmes superbes. Mais ce n’était pas la beauté physique de celle-ci qui le fascinait, même si le simple fait de contempler cette peau laiteuse, ces petits seins haut perchés au galbe parfait sur lequel ressortaient les mamelons rose tendre, faisait rugir sa libido.

Ce qui le fascinait, c’était la façon dont elle se tenait là, le regard étincelant de défi, le menton haut et le dos droit. Elle avait un port de tête royal.

Elle le mettait au défi de se libérer de ses liens et de venir s’agenouiller devant elle. De la vénérer comme elle pensait le mériter.

Le besoin de la prendre devint si impérieux qu'il faillit éprouver à nouveau la solidité des liens qui l'entravaient. Mais il réussit à se contrôler de justesse.

— S'agit-il d'une demande ? s'enquit-il d'une voix moins égale qu'il ne l'aurait souhaité. Si c'est bien le cas, elle est très convaincante.

Toujours sans dire un mot, elle posa les mains sur ses hanches puis, lentement, fit descendre la culotte de dentelle sur ses cuisses avant de la repousser du bout du pied avec la robe.

Sant'Iddio, elle était dorée là aussi !

Il sentit son cœur battre à un rythme sauvage, son pouls lui marteler les tempes.

Il brûlait de sentir ces mains fines sur lui, cette peau satinée contre la sienne. Il voulait être en elle. Maintenant.

Constat quelque peu perturbant. Il aurait dû se moquer qu'elle le touche, qu'elle l'embrasse ou qu'elle s'allonge sur lui. Cela aurait dû lui être totalement indifférent.

— Eh bien, ne reste pas là comme ça, trésor, dit-il avec un sourire forcé. Approche, que je puisse mieux te voir.

Stella dut percevoir la tension contenue dans sa voix, car une satisfaction immense se lut sur son beau visage.

Toujours lentement, elle se rapprocha du lit. La rougeur qui avait coloré ses joues s'étendait maintenant jusqu'à sa gorge, et elle s'accentua encore quand elle baissa les yeux sur l'endroit où il se consumait pour elle.

Une décharge électrique le traversa de part en part.

Qu'est-ce qu'elle lui faisait, bon sang ? Il ne se mettait jamais dans des états pareils avec personne !

— Je peux coucher avec n'importe quelle femme, murmura-t-il. Mais il va falloir que tu te donnes un peu plus de mal pour me faire…

Un éclair argenté incendia les yeux bleus.

— Qui vous dit que je veux coucher avec vous, Dante Cardinali ? Je veux peut-être simplement jouer avec vous.

La petite rusée ! Ainsi, il s'agissait d'un jeu de pouvoir ? Elle avait compris son état, et elle croyait pouvoir en profiter.

Pas de problème. Qu'elle essaye. Vu les circonstances, il aurait peut-être un peu plus de mal que d'habitude à gérer la situation, mais en matière de jeux de pouvoir sexuels, il était un as. Même ligoté à un lit.

— Je n'y vois aucune objection, répliqua-t-il d'une voix langoureuse. Mais si tu veux jouer, tu as intérêt à savoir ce que tu fais.

— Pourquoi croyez-vous que je ne le saurais pas ?

Tendant la main, elle effleura son érection à travers l'étoffe.

Une nouvelle décharge le parcourut. La caresse le rendait fou. Mais il se domina et regarda sa ravisseuse par-dessous ses cils.

Ce genre de regard ne laissait *aucune* femme indifférente. Et celle-ci n'avait aucune expérience, le baiser l'avait prouvé.

— À cause de ta façon de m'embrasser.

Avec une lenteur délibérée, il laissa descendre son regard sur le corps mince aux courbes délectables.

— Mieux vaut savoir dans quoi tu t'engages, trésor. Je ne suis pas un ange, tu t'en rendras vite compte.

Une lueur argentée frémit au fond des yeux toujours fixés sur sa braguette.

— Vous êtes très arrogant pour un homme attaché à un lit.

— Et toi, tu es très confiante, pour une vierge.

Le rouge vira à l'écarlate, et elle ferma à demi les paupières pour dissimuler son embarras.

Il avait vu juste. Il était probablement le premier homme qu'elle ait jamais touché de façon aussi intime. Le premier devant qui elle s'était dénudée.

Les vierges ne l'avaient jamais attiré. Les complications,

encore moins. Mais, pour une raison mystérieuse, il exultait à la pensée d'être le premier amant de celle-ci.

Une vierge munie d'un pistolet. C'était assurément aussi une première pour lui…

— Ne sois pas embarrassée, trésor, dit-il en l'observant avec attention. Tout le monde a été vierge un jour. Même moi.

Elle demeura silencieuse un long moment, puis elle redressa soudain la tête, grimpa sur le lit et s'installa à califourchon sur ses cuisses.

Elle était d'une légèreté inouïe, mais il sentit sa chaleur se répandre en lui à travers ses vêtements. Le parfum entêtant l'enveloppa, mêlé d'une senteur plus fraîche, l'effluve féminine du désir.

Quand, le feu couvant dans ses yeux bleus, elle se redressa au-dessus de lui, la vue de ses adorables petits seins aux globes à la peau claire et aux pointes fièrement dressées faillit avoir raison de lui.

La jeune femme timide s'était muée en une farouche amazone. Du moins était-ce l'impression qu'elle voulait lui donner.

Elle défit le premier bouton de sa chemise.

— Pourquoi cette remarque ? fit-elle d'un ton faussement détaché. Pourquoi serais-je « embarrassée » ?

Il sourit, sans plus aucune retenue ni crispation.

— Tu n'as aucune raison de l'être, en effet. Mais si tu veux jouer avec moi, je te suggère d'apprendre d'abord les règles du jeu…

Il s'interrompit en plissant les yeux.

— Tu ne voudrais pas ressortir perdante de ton premier essai, n'est-ce pas ?

L'espace d'un bref instant, une expression indécise passa sur les traits délicats, avant de disparaître aussitôt.

— Je ne risque pas de perdre, déclara-t-elle avec calme, en défaisant un à un les boutons de sa chemise.

Lentement, elle en écarta les pans, dénudant le torse de Dante. Puis elle appuya les paumes sur sa peau, le faisant frissonner violemment.

— Je suis peut-être vierge, mais pas stupide, reprit-elle, le regard plongé dans le sien. Et un homme n'est jamais qu'un homme. Vous l'avez dit tout à l'heure, monsieur Cardinali. Vous êtes à ma merci. Et vous n'y pouvez rien.

Le rire de Dante se répandit dans tout l'espace de la chambre. Stella le sentit ruisseler en elle, chaud et incroyablement sensuel.

Alors qu'il était attaché aux montants du lit, cet homme somptueux la contemplait les yeux mi-clos, tel un rapace guettant le meilleur moment pour fondre sur sa proie. En outre, le contact étroit avec son corps musclé et viril faisait naître en elle des sensations d'une intensité à couper le souffle.

Ça aurait dû être l'inverse. En le mordant, puis en se déshabillant et en le caressant, elle avait voulu le provoquer, le tenter, pour bien lui montrer ce qu'il *aurait pu* avoir. Lui prouver qu'elle détenait le pouvoir et le punir. Parce que, à cause de lui, elle avait perdu contenance et avait lamentablement échoué.

Mais le châtiment semblait se retourner contre elle.

Quand elle l'avait mordu, elle ne s'était pas attendue à ressentir quoi que ce soit. Pas un seul instant elle n'avait pensé que la bouche de Dante Cardinali serait aussi douce et aurait un goût aussi divin. Pas plus qu'elle ne s'était attendue à ce regard brûlant qui lui avait donné l'impression de se consumer sur place. Ni au plaisir ressenti à caresser sa puissante érection à travers l'étoffe raffinée.

L'intensité de la sensation qui s'était répandue entre ses cuisses la sidérait.

Alors qu'elle était censée venger la mort de son frère,

elle s'égarait dans un univers aussi dangereux que grisant, et elle était la seule responsable de cet effroyable gâchis : personne ne lui avait demandé de mordre cet homme, de l'embrasser. Ni de se dénuder et de le toucher.

Elle s'était elle-même rendue captive du désir qui la possédait à présent tout entière.

Le désir sexuel faisait partie des faiblesses qu'elle avait bannies de sa vie. Mais la peau hâlée de Dante était délicieusement lisse et douce sous ses paumes, ses muscles fermes et souples à la fois. Elle n'avait qu'une envie : explorer ce corps superbe et se noyer dans sa merveilleuse chaleur.

— Pauvre trésor… Tu ne comprends pas, hein ?

La voix profonde aux accents rauques passa sur elle comme une caresse, et elle retint son souffle.

— Tu ne vois pas que ce n'est pas moi qui suis à ta merci ? Que c'est tout le contraire ?

Venant d'un homme immobilisé par des liens solides, ces paroles auraient dû lui paraître ridicules, impuissantes. Mais non, car une sorte de fluide magique émanait du corps musclé et ferme de Dante Cardinali. Elle le sentait se propager dans ses mains et se diffuser partout en elle, et les pépites dorées qui brillaient dans ses yeux sombres l'hypnotisaient malgré elle.

Le désir vibrait dans tout son être, la rendait terriblement vulnérable. Elle n'y pouvait rien. Elle n'exerçait plus aucun contrôle sur elle-même. Ni sur sa respiration ni sur la chaleur qui palpitait entre ses cuisses. Ni sur les sensations qui lui parcouraient la peau, ni sur les battements saccadés de son cœur.

Les effluves sensuels, virils et musqués l'enivraient.

Elle était faible. Elle l'avait toujours été.

Elle chassa cette pensée de son esprit.

Il n'était pas trop tard pour retrouver sa force. Elle devait se ressaisir, maintenant. Résister à l'envie de capituler qui la tenaillait. Au désir qui avait pris possession d'elle corps et âme.

— Non, chuchota-t-elle. Je ne suis à la merci de personne.

Qui essayait-elle de convaincre, au juste ? Dante ou elle-même ?

— Très bien. Prouve-le. Descends de ce lit, rhabille-toi et pars.

La voix de velours l'enveloppait, les pépites dorées l'envoûtaient. Quand Dante souleva légèrement les hanches, pressant sa puissante érection contre son sexe offert, elle sentit le plaisir fuser dans tout son corps, si intense qu'elle ne put retenir un halètement.

— Fais-le, reprit-il d'une voix rauque. Si tu le peux.

Bien sûr. Sans problème…

Sauf qu'il continuait son ensorcelant manège, son membre excité exerçant une pression lente et régulière à l'endroit où la chaleur se répandait entre ses cuisses, la faisant vibrer de délice.

Elle s'était interdit beaucoup de choses pour devenir meilleure et plus forte que l'adolescente qui avait trahi son frère. Elle avait exclu le plaisir sensuel de sa vie. Ce faisant, elle n'avait pas cru se priver de grand-chose. Mais soudain…

Descendre de ce lit. Se rhabiller et s'éloigner de cet homme. Tout de suite !

C'était ce qu'elle aurait dû faire. Mais la chaleur de Dante, de son corps, la douce ondulation de ses hanches agissaient sur elle comme un charme auquel elle ne désirait pas échapper.

Sans plus réfléchir, elle se souleva au-dessus de lui et, les mains tremblantes, déboutonna la braguette.

Il se raidit, ses yeux flamboyèrent.

— Tu es sûre que c'est une bonne idée, trésor ? murmura-t-il.

Ignorant l'avertissement, elle glissa la main sous le caleçon noir, referma les doigts autour du membre puissant et retint un nouveau halètement.

Il était si long, si chaud, si ferme…

Le cœur battant à tout rompre, elle dégagea l'impressionnante érection et la contempla, fascinée.

— Stella…

Le fait qu'il l'appelle par son prénom redoubla son désir.

— … À ta place, je m'arrêterais là, poursuivit-il, la voix rauque.

Trop tard. Impossible de revenir en arrière. Et puis, au point où elle en était, autant aller jusqu'au bout. Elle n'allait tout de même pas essuyer un second échec.

Ella leva les yeux vers son visage et fut éblouie par l'intensité du désir qui étincelait dans son regard.

— Qu'est-ce que vous m'avez demandé de prouver, déjà ? murmura-t-elle.

Elle n'attendit pas sa réponse. Soulevant encore les hanches, elle guida le membre ferme en elle, puis se laissa couler sur lui.

La sensation fut extraordinaire. Aucune douleur, ses muscles intimes s'étirèrent pour accueillir l'intrusion, suivie d'une sensation de complétude, si fabuleuse, si fantastique, qu'elle poussa un gémissement d'extase.

Le sourire de Dante disparut. Un son rauque et terriblement mâle franchit ses lèvres tandis qu'elle l'absorbait au plus profond d'elle.

Poussée par un instinct inconnu, elle instaura un va-et-vient d'abord hésitant, puis régulier et de plus en plus hardi. Les yeux soudés aux siens, son amant s'accorda à la cadence, ses hanches répondant à chaque mouvement des siennes en un corps-à-corps torride. Ils ondulaient ensemble, les yeux dans les yeux.

La jouissance monta, se déploya, les enveloppa…

Les paumes appuyées sur le torse musclé de l'homme

magnifique qu'elle chevauchait, elle avait l'impression que l'univers se réduisait aux sensations merveilleuses et uniques qu'ils avaient le pouvoir de s'offrir l'un à l'autre. À la volupté qui l'entraînait, de plus en plus haut.

Jamais elle n'aurait imaginé que le sexe puisse être aussi bon. Qu'elle se transformerait en une créature sauvage et avide de plaisir. Qu'elle s'abandonnerait ainsi.

Une plainte lui échappa.

À présent, c'était Dante qui imposait son rythme. Il accéléra le mouvement.

Elle essaya de le suivre et fut submergée par un mystérieux sentiment d'exultation qui la sidéra et l'éblouit.

— Caresse-toi, murmura-t-il. *Maintenant.*

Poussée par sa propre impatience, elle obéit sans réfléchir, glissa la main entre ses cuisses et se caressa. Au même moment, il souleva les hanches et la pénétra vigoureusement, à fond.

Le plaisir déferla en elle, renversant tout sur son passage. Elle poussa un cri, ferma les yeux, et bascula dans la jouissance.

Confusément, elle sentit le corps de son amant se raidir un bref instant sous elle, elle entendit une plainte rauque, mais son propre plaisir était si intense qu'elle avait l'impression de flotter dans une autre dimension. Hors du monde et du temps.

Quand elle reprit ses esprits, elle se rendit compte qu'elle s'était affaissée sur Dante.

Elle demeura immobile, la joue appuyée sur sa poitrine musclée, à savourer sa délicieuse chaleur et les effluves de santal et de musc. Les yeux clos, elle écouta les battements réguliers du cœur de Dante, aussi rassurants que le murmure des vagues.

— Trésor…, commença celui-ci de sa belle voix grave.

La merveilleuse chaleur se dissipa, le sentiment de réconfort la déserta. Une sensation de froid la saisit.

Réprimant à grand-peine un tremblement, elle se redressa

en s'appuyant sur le torse moite et croisa le regard sombre de Dante Cardinali.

La honte la terrassa.

Qu'avait-elle fait ? Au lieu de le tuer, elle s'était livrée à un jeu ridicule ! Elle avait *couché* avec lui. Elle avait commis une erreur monumentale.

Elle ne pouvait pas rester dans cette chambre une minute de plus. Tout autour d'elle lui rappelait son échec. Sa faiblesse.

— Stella !

Détournant les yeux, elle descendit du lit. Les mains tremblantes, elle enfila sa culotte et sa robe, rechaussa ses escarpins, prit son petit sac et le pistolet au passage, et se dirigea vers la porte avec l'impression que ses jambes allaient céder sous elle.

— *Stella* ! répéta Dante, plus insistant.

Mais elle ne se retourna pas. Elle n'aurait pas pu supporter de le regarder. Elle ouvrit la porte et s'enfuit loin, très loin de la voix impérieuse de Dante Cardinali qui criait son prénom.

3.

— Qu'en penses-tu, Dante ? On marche avec Tokyo, ou on s'en tient au projet de New York ?

La pluie battait les baies vitrées, obscurcissant la vue sur la City, mais Dante ne l'entendait pas. De la même façon qu'il n'écoutait pas ce que lui disait son frère. Il continua à faire les cent pas dans la salle de réunion.

Il était venu à Londres pour discuter avec Enzo d'un nouveau projet, retardé par un désaccord entre leurs directeurs new-yorkais et ceux de Tokyo. Mais en fait, il s'en moquait royalement. Une seule pensée, ou plutôt une seule personne l'obsédait. Un seul nom tournait et retournait en boucle dans son esprit.

Stella Montefiore.

Un mois s'était écoulé depuis la nuit où celle-ci l'avait laissé attaché sur le lit de cette chambre d'hôtel à Monte-Carlo quelques minutes après leur folle étreinte, la plus incroyable de sa vie.

La façon dont elle l'avait planté là continuait de l'irriter. Plus exactement de le rendre fou furieux.

Et pas seulement parce que, après l'avoir drogué, elle l'avait ligoté dans l'intention de le supprimer froidement. Il enrageait à cause de la façon dont elle s'était enfuie sans même le remercier, et à cause de ses propres réactions.

Parce que, en dépit de ses efforts acharnés pour l'oublier, il ne cessait de penser à elle.

Ces brefs instants d'excitation et de plaisir auraient dû lui suffire amplement. Stella n'était pas la seule femme sexy au monde. Par conséquent, il n'aurait pas dû faire de fixation sur elle. Mais il avait beau se le dire et se le répéter, impossible de se la sortir de la tête.

Depuis cet épisode brûlant, il repensait sans cesse à la sensation des muscles intimes de Stella resserrés autour de son érection, à sa merveilleuse chaleur. Il demeurait hanté par le souvenir de son parfum capiteux, des effluves montant de son corps souple qui le chevauchait hardiment. Il se repassait la scène encore et encore, revivant chaque instant de ce qui, après avoir commencé comme un jeu de pouvoir, s'était transformé en un corps-à-corps d'un érotisme torride.

Stella l'avait surpris, à chaque instant. Y compris dans sa façon de le quitter sans un mot d'explication. Il demeurait hanté par l'expression de son visage. Jamais encore il n'avait vu une femme le regarder ainsi. Il avait littéralement exulté à la pensée d'être son premier amant et de lui faire découvrir le plaisir physique.

Sans doute son propre plaisir avait-il été décuplé par le fait de savoir qu'elle avait eu au départ l'intention de le tuer…

Quoi qu'il en soit, une chose était certaine : étant donné qu'elle avait essayé de le supprimer et que rien ne garantissait qu'elle s'en tiendrait à une unique tentative, il devait la localiser et l'empêcher de nuire.

Aussi la faisait-il rechercher, mais ses enquêteurs avaient jusqu'à présent fait chou blanc.

— Pour l'amour du ciel, arrête ! Tu me donnes mal à la tête !

Il se retourna.

Les mains dans ses poches de pantalon, les reins appuyés contre la longue table noire, Enzo le contemplait en fronçant les sourcils, l'air bien trop perspicace à son goût.

— Tu vas enfin m'expliquer ce qu'il se passe ? Ou tu

comptes continuer à faire les cent pas jusqu'à ce que je te force à t'arrêter ?

Ne souhaitant pas parler de Stella pour l'instant, Dante se força à se détendre.

Pour la première fois de sa vie, son frère était heureux, et il ne voulait surtout pas l'inquiéter. D'autre part, s'il le mettait au courant de cette histoire incroyable, il s'en mêlerait aussitôt. Or, Dante ne voulait pas de cela. C'était *son* problème et il le réglerait à *sa* façon.

Et puis, Stella Montefiore ne l'intéressait pas vraiment, au fond. Il l'avait possédée une fois, et il n'avait pas l'intention de renouveler l'expérience. Même s'il la trouvait ravissante et follement sexy. La seule chose qu'il désirait, c'était la retrouver pour éliminer la menace qu'elle représentait.

— Rien d'important ou qui te concerne, répondit-il d'un ton neutre.

— Tu me prends pour un imbécile ? Tu n'as pas écouté un seul mot de ce que j'ai dit, et tu fais les cent pas comme Simon quand on l'oblige à rester à la maison alors qu'il veut aller jouer dehors.

— Je suis tout de même un peu moins agité que ton fils, protesta Dante, vexé.

Il adorait son neveu mais, celui-ci n'ayant que quatre ans, il appréciait moyennement la comparaison.

Enzo le dévisagea en plissant les yeux.

— Restons concentrés sur toi, tu as raison. J'espère que tu ne t'es pas fourré dans une histoire impossible. Simon entre à l'école dans deux mois, et je préférerais que son oncle ne fasse pas la une des médias à cause de l'un de ces scandales dont il a le secret.

Dante haussa les épaules.

Depuis qu'Enzo avait épousé Matilda, il se montrait très protecteur vis-à-vis de sa petite famille. Cela ne le dérangeait pas le moins du monde, à condition qu'il ne vienne pas lui faire la morale. Sa vie lui convenait telle qu'elle était, et il n'avait pas l'intention d'y changer quoi que ce soit.

— Ne t'inquiète pas, Enzo, il n'y a aucun rapport avec Cardinali Developments, affirma-t-il en s'efforçant d'adopter son habituel ton désinvolte. Il s'agit simplement d'une petite complication d'ordre personnel.

— Ça ne me dit rien qui vaille. Elle n'est pas mariée, au moins ?

— Moi, frayer avec une femme mariée ? Tu plaisantes, j'espère ? Ou alors, tu me connais vraiment mal !

Son frère le dévisagea un instant en silence, le regard plus pénétrant que jamais.

— Tu mens.

— Pas du tout.

Enzo était loin de soupçonner la vérité, et il n'avait pas l'intention de l'éclairer.

Parce que c'était bien Stella Montefiore qui l'avait drogué et ligoté. Dès qu'il avait pu quitter cette chambre d'hôtel, il avait demandé à son assistante personnelle de rassembler le plus d'informations possible sur les Montefiore. Le lendemain, elle lui avait remis un dossier complet.

Avide de comprendre pourquoi Stella l'avait pris pour cible, il avait passé une bonne partie de la journée à l'éplucher.

Après avoir lu l'histoire de sa famille, tous les morceaux du puzzle s'étaient mis en place.

Les Montefiore avaient fait partie de la plus haute aristocratie de Monte Santa Maria avant que son père soit détrôné. Après cela, les Montefiore qui avaient soutenu l'ancien régime étaient tombés en disgrâce. Stefano Montefiore avait investi toute sa fortune dans un plan visant à aider Luca Cardinali à reconquérir son trône. Le plan ayant échoué, la famille s'était retrouvée ruinée. Pire encore, les autorités en place avaient découvert les machinations de Stefano. Celui-ci avait réussi à échapper à la police venue l'arrêter, mais pas son fils aîné, Matteo, qui avait été incarcéré en même temps que d'autres partisans de Luca. Il était mort en prison quelques années plus tard.

Partant de là, il n'était pas difficile de comprendre pourquoi Stella avait tenté de le tuer. Elle et son père avaient dû décider de venger la mort de Matteo. Œil pour œil, dent pour dent.

— Tu sais comment sont les femmes, dit-il nonchalamment à son frère.

— Tu souhaites parler de celle-ci en particulier ?

Il soutint le regard d'Enzo sans ciller.

— Non, pas vraiment.

— Dans ce cas, pourrais-je avoir ton avis concernant…

Son smartphone vibra dans la poche de sa veste. Dante le sortit et ne put retenir un sourire : l'un de ses enquêteurs lui envoyait par SMS une adresse à Rome.

Un sentiment mêlé l'envahit, de satisfaction… et d'excitation farouche.

Il l'avait retrouvée. Enfin ! Et cette fois, elle ne lui échapperait pas.

Que ferait-il quand qu'il serait en face d'elle ?

Il ne le savait pas encore exactement. Il lui donnerait sans doute un avertissement, la prévenant que, si elle tentait à nouveau d'attenter à sa vie, il ferait appel à la police. S'il était indulgent. Dans le cas contraire, il les appellerait sur-le-champ, et tout serait réglé…

Non ! Cela ne réglerait pas tout. Il désirait la punir d'avoir pris autant de place dans son esprit. Et de lui avoir laissé des souvenirs brûlants qui le tourmentaient sans répit depuis plus d'un mois.

— Tu as l'air content de toi, murmura Enzo. Puis-je espérer que tu vas m'écouter, maintenant ?

— Non, déclara Dante en remettant son smartphone dans sa poche. Il y a du nouveau. Je dois retourner en Italie.

— Je vois, fit son frère, ironique. Aucun rapport avec cette femme, je suppose ?

— Aucun, acquiesça Dante avec un grand sourire. Tu n'as pas besoin du jet ? Parfait. Je pars dès que…

— Et Tokyo ? l'interrompit brutalement Enzo.

— Tu sais quoi faire, répliqua Dante en se dirigeant vers la porte. Tu as mon aval pour tout.

Quelques heures plus tard, Dante atterrit à Rome et se dirigea vers la voiture louée par son assistante.

Il ne s'était jamais encombré d'un véhicule privé ni d'un domicile fixe, préférant loger dans des suites de palace réservées pour lui en permanence dans les différentes villes où il séjournait régulièrement. Il n'aimait pas rester trop longtemps au même endroit, de la même façon qu'il ne s'attachait à rien. Aussi la vie à l'hôtel lui convenait-elle parfaitement.

À peine monté en voiture, il donna l'adresse au chauffeur et lui dit de s'y rendre le plus vite possible.

Il y avait des embouteillages, comme d'habitude, aussi s'efforça-t-il de dominer son impatience. Mais lorsque le chauffeur s'engagea dans des rues de plus en plus étroites, bordées d'immeubles en piteux état, l'impatience vira au malaise.

Cet environnement lui rappelait le quartier sordide de Naples où sa mère et lui avaient échoué après qu'elle l'avait emmené en laissant son père et Enzo à Milan. Elle lui avait raconté qu'ils s'installeraient dans un bel endroit où ils commenceraient une nouvelle vie. Une vie meilleure, loin de l'égoïsme et des colères effroyables de Luca. Ce serait merveilleux, avait-elle promis. Il serait séparé de son grand frère, mais il l'avait, elle. C'était le plus important, non ? Il l'aimait, sa maman, n'est-ce pas ?

Bien sûr qu'il l'aimait, aussi n'avait-il pas protesté. Quitter son redoutable père ne le dérangeait pas le moins du monde, mais être séparé d'Enzo lui faisait de la peine. Il avait néanmoins dissimulé sa détresse à sa mère pour ne pas la perturber. Il n'aimait pas la perturber. Surtout quand cela la poussait à boire encore plus.

Le chauffeur s'arrêta à l'entrée d'une ruelle et contempla les graffitis recouvrant les murs des immeubles, les ordures traînant dans le caniveau…

— Vous voulez que j'appelle votre garde du corps, monsieur Cardinali ? demanda-t-il en levant les yeux vers le rétroviseur.

— Vous plaisantez ! J'ai grandi dans les rues de Naples, ce genre de quartiers ne me fait pas peur.

Il ouvrit la portière, sortit de voiture et regarda autour de lui, de plus en plus mal à l'aise.

Les Montefiore ne possédaient plus grand-chose mais, d'après ses sources, ils vivaient toujours à Monte Santa Maria. Alors pourquoi Stella avait-elle choisi un endroit aussi sordide ?

Sans doute parce qu'il était plus facile de passer inaperçue dans un quartier comme celui-ci. Mais quand même, il avait du mal à imaginer la ravissante jeune femme de Monte-Carlo dans ce type d'environnement…

S'avançant dans la ruelle, il arriva au numéro indiqué par son enquêteur et, ignorant les jeunes à l'air renfrogné regroupés autour de l'entrée, il leva les yeux vers le vieil immeuble délabré. Au moment où il s'approchait de la porte, l'un des adolescents marmonna des propos peu accueillants, mais un regard suffit à le faire taire.

À treize ans, après avoir été passé à tabac une cinquième fois, il avait décidé d'acquérir une technique de combat de rue très efficace. Sa mère n'avait rien fait, évidemment. Elle n'avait manifesté aucune réaction, pour la bonne raison qu'elle avait pris une énième cuite et qu'elle gisait sur le canapé troué dans un état proche du coma éthylique.

Mais cette fois il avait décidé qu'il en avait soupé de servir de punching-ball à tout le quartier. Il était allé trouver un gars dont il avait entendu parler et qui lui avait appris à se défendre. À partir de ce moment-là, plus personne ne s'en était jamais pris à lui.

Comprenant probablement à qui ils avaient affaire, les garçons le laissèrent passer sans broncher.

À l'intérieur de l'immeuble, il faisait sombre, la peinture des murs était écaillée, et la moitié des ampoules du plafond pendaient lugubrement, grillées.

Il grimpa jusqu'au dernier étage, faisant la grimace à la vue des sols sales, des murs tachés et des portes détériorées qui se refermaient à la hâte sur son passage.

Il connaissait tout cela par cœur. C'était la nouvelle vie promise par Sofia, sa mère. L'existence idyllique qui s'était soldée par la mort de celle-ci quelques années plus tard. À ce moment-là, il avait seize ans. Il était déjà parti et ne comptait plus que sur lui-même pour survivre.

La vieille colère remonta en lui, mais il l'ignora, comme toujours.

Il n'avait plus aucune raison d'être en colère. Tout avait bien tourné pour lui, finalement. Enzo l'avait retrouvé quatre ans plus tard, et ensemble ils avaient enfin bâti cette nouvelle vie pour eux deux. Leur mère aurait été fière.

Avançant dans le couloir crasseux, il chercha le numéro d'appartement donné par l'enquêteur. Il finit par le trouver, tout au bout à gauche, et s'arrêta devant la porte, conscient des émotions confuses qui l'agitaient. Mais, comme il ne se souciait pas de les analyser, il décida de les ignorer et toqua à la porte.

Silence.

— Je sais que tu es là, dit-il sans hausser la voix. Alors,

tu ferais mieux d'ouvrir, trésor. À moins que tu ne préfères que je fasse intervenir la police. Je suis sûr que ton père serait ravi.

Nouveau silence, durant lequel il sentit les battements de son cœur s'accélérer de façon totalement injustifiée.

Au moment où, résolu à appeler la police, il glissait la main dans sa poche pour en sortir son smartphone, la porte s'ouvrit, et une jeune femme en jean et T-shirt rouge délavé apparut sur le seuil, l'air incroyablement fragile. Ses cheveux blond doré étaient rassemblés en une queue-de-cheval faite à la va-vite, des mèches tombaient autour de son beau visage pâle.

Le désir le foudroya aussitôt qu'elle leva vers lui ses yeux bleus.

— Ce n'est pas la peine de les appeler, dit-elle avec calme, comme si elle s'était attendue à le voir débarquer sans prévenir, avant de reculer d'un pas.

» À moins que tu n'aies peur de te retrouver seul dans une pièce avec moi ? ajouta-t-elle tranquillement.

Le cœur de Stella lui martelait les côtes, la peur lui nouait le ventre. Si elle ne s'était pas agrippée à la poignée de la porte, sans doute se serait-elle effondrée sur place.

Mais c'était hors de question. Pas devant cet homme.

Comment Dante Cardinali l'avait-il retrouvée ? Elle avait pourtant tout fait pour disparaître. Mais il l'avait retrouvée. Il était bien là, sur le seuil de son refuge, et sa proximité lui faisait l'effet d'un coup de poing en pleine poitrine.

Durant les cinq dernières semaines, quand elle repensait à cette soirée, ce qui lui arrivait souvent, elle s'était dit que ce qu'il s'était passé entre eux relevait de l'absurde. Qu'elle-même avait cédé à un accès de faiblesse passager dû à son inexpérience et à une préparation insuffisante à la mission qu'elle s'était assignée. Avec le recul, elle s'était persuadée qu'elle avait surestimé l'intensité du magnétisme de Dante…

Mais il lui avait suffi de croiser de nouveau son regard à l'instant pour comprendre que, au contraire, elle l'avait sous-estimé.

Vêtu de l'un des somptueux costumes qu'il semblait affectionner et d'une chemise noire sur laquelle ressortait une cravate de soie bleu électrique, il était encore plus grand, plus imposant que dans son souvenir – et très à l'aise, comme s'il se trouvait dans l'un des lieux huppés qu'il fréquentait et non dans un immeuble miteux de l'un des quartiers les plus sordides de Rome.

Il n'y avait pas si longtemps qu'elle avait touché cette peau hâlée. Elle avait tremblé de plaisir tandis qu'il la pénétrait au plus profond…

Elle s'interdit de repenser à ces instants.

Hélas, comment les oublier alors qu'ils l'avaient conduite à sa situation présente ?

La peur contre laquelle elle luttait chaque jour depuis cette soirée fatale lui étreignit la gorge.

Au début, après avoir dompté la panique consécutive à son lamentable échec, elle s'était accordé un peu de temps pour réfléchir, et elle avait renoncé très vite à l'éventualité de retourner à Monte Santa Maria.

Elle ne s'était pas senti la force de rentrer chez elle pour devoir avouer son échec et affronter la déception de son père. D'être obligée de reconnaître qu'il avait eu raison de douter d'elle. Cette perspective lui avait paru insupportable. En outre, la mort de Matteo devait être vengée. Par conséquent, elle ne pouvait pas baisser les bras. Désormais, Cardinali se tiendrait sur ses gardes, ce qui rendrait sa mission encore plus difficile, mais elle n'avait pas le choix. Elle n'avait plus droit à l'échec.

Après s'être ressaisie, elle avait informé son père par SMS qu'il lui faudrait plus de temps que prévu et qu'elle réfléchissait à la suite de l'opération. Après cela, elle avait changé d'endroit chaque jour, se servant uniquement d'argent liquide afin de ne laisser aucune trace au cas où Dante Cardinali la ferait rechercher. Finalement, elle avait décidé de souffler un peu et avait choisi de s'arrêter à Rome pour se donner le temps d'échafauder un nouveau plan. Là, elle avait loué cet appartement minable, dans un quartier sordide qu'il ne risquait pas de fréquenter.

Malheureusement, elle s'était vite retrouvée à court d'argent liquide, et le fait que Dante soit là devant elle signifiait qu'elle n'avait pas pris assez de précautions pour passer inaperçue.

Un échec de plus à ajouter à la liste.

— Tu nous as donné du fil à retordre, dit-il, de cette voix profonde et sensuelle qu'elle se rappelait si bien.

Le sourire non plus n'avait pas changé. Mais aucune lueur chaude n'éclairait les yeux sombres…

Un voile noir lui obscurcit soudain la vision. Elle se raccrocha à la poignée de la porte tandis qu'une vague de nausée l'assaillait, si intense qu'elle dut rassembler toutes ses forces pour rester debout.

Le regard de Dante s'étrécit, son sourire disparut.

— Tu ne te sens pas bien ?

— Si si…, répondit-elle à la hâte.

Au même instant, ses genoux lâchèrent.

Vif comme l'éclair, il la prit dans ses bras, l'empêchant *in extremis* de tomber. Puis il la souleva du sol en la serrant contre son torse musclé et chaud, pénétra dans le couloir exigu et referma la porte derrière lui d'un coup de pied.

C'était un comble ! Elle se retrouvait dans les bras de

l'homme qu'elle était censée éliminer. Décidément, elle aurait droit à toutes les humiliations…

— Reste tranquille, murmura-t-il tandis qu'elle se débattait pour se libérer.

Étrangement, elle obéit. Sans plus réfléchir, elle se détendit dans les bras puissants et ferma les yeux. Comme si, au fond d'elle-même, elle n'avait attendu que cela : que Dante Cardinali surgisse tout à coup et qu'il s'occupe d'elle.

Elle n'avait plus l'énergie de lutter. Les derniers jours avaient été trop épuisants : le manque d'argent, l'apparition des nausées…

Plus rien n'importait que la chaleur et la force viriles qui l'enveloppaient, la rassuraient.

Mais… que se passerait-il quand il saurait ?

Un frisson glacé la traversa.

Elle n'avait pas la force d'affronter Dante. Pas maintenant. Cela ne faisait que deux jours qu'elle s'était décidée à acheter un test de grossesse avec le peu d'argent qu'il lui restait. Aussi n'avait-elle pas encore eu le temps de s'habituer à l'idée que…

Cette nouvelle donne changeait tout. Le nouveau plan qu'elle échafaudait tombait à l'eau. Si elle ne trouvait pas d'autre solution, son lamentable échec aurait des conséquences catastrophiques. Par conséquent, il fallait absolument qu'elle se débrouille pour mettre au point un nouveau stratagème.

Lorsque Dante la déposa sur le canapé-lit recouvert d'un tissu râpé installé dans un coin de la pièce qui servait de chambre et de salon à la fois, elle faillit s'accrocher à lui pour ne pas être privée de sa merveilleuse chaleur.

Mon Dieu ! Elle était encore plus faible qu'elle ne le pensait.

Il recula de deux pas, croisa les bras sur son torse puissant et la contempla en silence, la dominant de toute sa hauteur.

Défiant les battements frénétiques de son cœur et la nausée

qui menaçait de la submerger à tout instant, elle redressa le menton et le dévisagea en haussant un sourcil interrogateur.

— Tu peux m'expliquer ce qu'il vient de se passer ? demanda-t-il enfin.

— Je ne comprends pas ta question, répondit-elle, soulagée de constater que sa voix ne tremblait pas.

— Ah, tu ne comprends pas ? fit-il, franchement incrédule. Si je ne t'avais pas rattrapée à temps, tu t'écroulais devant moi, trésor.

— Je suis fatiguée. Et je ne suis pas ton trésor.

— Tu me parais plus que fatiguée, répliqua-t-il en plissant les yeux. Tu as l'air épuisé.

Mieux valait changer de sujet.

— Alors, tu n'appelles pas la police ? Ce n'est pas pour ça que tu es venu ? Pour me faire arrêter ?

Nouveau silence, encore plus tendu si possible que le précédent.

— Non, dit-il lentement. J'ai l'intention de m'occuper de toi personnellement.

En dépit de la fatigue et de la nausée, elle fut parcourue par un petit frisson traître.

Elle se rappelait la sensation du corps ferme de Dante sous le sien, de son membre viril enfoui en elle, du mouvement régulier de ses hanches, du plaisir qui se propageait en elle, de plus en plus intense…

Que ressentirait-elle s'il « s'occupait d'elle » en ayant les mains libres ?

Elle déglutit, la bouche soudain sèche.

— J'ai beaucoup de chance, répliqua-t-elle avec un calme qu'elle était loin d'éprouver. Je peux savoir comment tu m'as retrouvée ?

— Il suffisait d'y mettre le prix. Et de bien choisir ses enquêteurs.

Cela avait dû lui coûter une fortune, parce qu'elle avait

pris le maximum de précautions. Mais bon, ce n'était pas étonnant qu'il ait tout mis en œuvre pour la localiser – elle avait tenté de le tuer.

— Eh bien, félicitations, tu m'as retrouvée. Et qu'entends-tu par « t'occuper de moi », au juste ?

Les pépites dorées étincelèrent dans les yeux sombres de Dante, et il la regarda avec une convoitise non dissimulée. Comme le soir où, après avoir réussi à le piéger, elle avait échoué dans sa mission.

— À vrai dire, je n'y ai pas vraiment réfléchi, mais je suis certain que nous allons trouver un arrangement. Tu n'es pas d'accord avec moi, trésor ?

Le petit sourire en coin était si sensuel, si provocant, qu'elle eut du mal à dissimuler son trouble. Quelque chose s'embrasa en elle, et le désir se déploya dans tout son corps.

Sur la défensive, elle esquissa néanmoins un sourire glacial.

— Très bien. Je vais te donner mon numéro de portable, comme cela, tu pourras prendre contact avec moi quand tu auras réfléchi à un arrangement possible. En attendant… Tu as autre chose à faire, j'imagine ?

— Tu crois vraiment que je vais m'en aller maintenant que je t'ai retrouvée ? répliqua-t-il d'une voix insupportablement douce. Alors que tu as tenté de me supprimer ? Et puis, qui me garantit que tu ne vas pas recommencer ?

La nausée redoubla d'intensité. Elle aurait dû manger quelque chose au petit déjeuner. La faim exacerbait la sensation de mal au cœur.

— Et si je te promettais de ne pas recommencer ? Cela ne te suffirait pas ? proposa-t-elle en se levant.

Mais ses jambes tremblaient encore, si bien qu'elle vacilla.

Aussitôt, Dante la prit par le coude pour l'aider à retrouver son équilibre.

— Tu n'es pas bien, trésor, dit-il en fouillant son regard. Qu'est-ce que tu as ? Tu es malade ?

Elle serra les mâchoires, résistant à l'assaut de la nausée mais aussi à l'envie de tout lui avouer et de le laisser gérer la situation.

Parce que, après tout, c'était son problème à lui aussi, désormais !

Mais non, elle ne pouvait pas se laisser aller. Si Dante apprenait qu'elle était enceinte, il…

À vrai dire, elle ignorait comment il réagirait. Elle ne savait qu'une chose : elle ne pouvait prendre le risque qu'il découvre son état.

— Non, ce n'est rien.

— Ce n'est rien, répéta-t-il d'un ton ironique. Tu tiens à peine debout.

Ça aurait été si bon de s'abandonner ! De savourer la chaleur de la grande main chaude qui lui tenait le coude. De laisser Dante la prendre dans ses bras. Comme une part d'elle-même, celle qu'elle avait bannie des années plus tôt, le désirait de toutes ses forces.

Lorsqu'elle tenta de se dégager, il resserra les doigts, l'immobilisant sur place.

Sans doute cela valait-il mieux, d'ailleurs, parce qu'il avait raison, elle ne tenait pas debout.

Sa faiblesse la rendit furieuse. Doublement. Elle s'en voulait d'être faible, et elle en voulait à Dante d'être plus fort qu'elle.

— Tout va bien. Et je ne vois pas pourquoi tu t'inquiéterais pour moi. J'ai tenté de te tuer, ne l'oublie pas !

Les traits impénétrables, il la dévisagea en silence, puis il resserra de nouveau les doigts autour de ses coudes et la força à se rasseoir.

— Ne bouge pas, ordonna-t-il.

Elle aurait voulu protester, mais le soulagement de ne plus avoir à faire l'effort de tenir debout l'emporta. Aussi obéit-elle tandis que Dante tournait les talons vers la minuscule kitchenette.

Vaincue par la fatigue, elle s'adossa et ferma les yeux.

S'était-elle assoupie ? Peut-être, parce que, lorsqu'elle souleva les paupières, Dante se tenait à quelques pas d'elle, un verre d'eau à la main, et il la contemplait d'un air étrange.

Il savait.

Non, c'était ridicule. Il ne pouvait pas savoir, puisqu'elle ne lui avait rien dit.

Un éclat doré incendia le regard dardé sur elle.

— Tu allais me le dire, ou tu comptais t'en débarrasser ?

Elle eut l'impression de suffoquer.

— Ne cherche pas, poursuivit-il en levant l'autre main. Tu avais laissé ça sur le plan de travail.

Mon Dieu, le dépliant sur la grossesse rapporté de la pharmacie où elle avait acheté le test…

Un froid glacial l'envahit. Immobile comme une statue, elle tenta de se concentrer.

Elle pouvait peut-être feindre de ne pas comprendre de quoi il parlait ? Dire que le dépliant avait été laissé là par une amie ? À moins de profiter de la situation. Peut-être était-ce finalement l'occasion idéale de se rapprocher de Dante Cardinali et d'aller jusqu'au bout de sa mission…

Inutile de se faire des illusions. Étant donné qu'elle n'avait pas réussi à appuyer sur la détente alors qu'il était attaché sur un lit, elle en serait encore moins capable maintenant.

Mais peut-être y avait-il un autre moyen de venger la mort de Matteo, de réparer ses erreurs passées et de regagner l'estime de son père.

Il faudrait qu'elle trouve une façon de faire souffrir Dante. De le priver d'une chose ou d'un être qu'il aimait. Il serait alors frappé par une douleur terrible. Celle qu'avait ressentie sa famille à la perte de Matteo. Laisser Dante en vie mais détruit, cela pourrait s'avérer encore plus satisfaisant que de le savoir mort !

L'idée se développa dans son esprit.

Elle cessait de dissimuler la vérité, elle reconnaissait qu'elle était enceinte de lui…

Et l'enfant ?

Non, elle ne devait pas penser à lui maintenant. Ce serait une nouvelle erreur. Elle y réfléchirait plus tard, une fois sa mission achevée.

— Je… Je n'ai pas encore pris de décision, dit-elle en soutenant le regard furieux de Dante. Je ne le sais que depuis hier.

Il demeura silencieux un long moment.

Plus aucune trace de sourire sensuel, à présent. Disparu, l'éclat brûlant de son regard. Seule la colère brillait dans ses yeux.

Sa fureur était légitime. C'était sa faute à elle. L'intensité de son désir l'avait aveuglée à tel point qu'elle n'avait pas songé à la contraception. En fait, ce n'était qu'au moment où elle avait remarqué qu'elle avait un retard de règles qu'elle s'était rendu compte de son impardonnable négligence.

Dante s'avança et lui tendit le verre d'eau.

— Bois, ordonna-t-il.

Une fois encore, elle eut envie de protester, mais elle jugea préférable de ne pas l'irriter davantage.

Il ne fallait surtout pas qu'il parte. Pas maintenant.

Elle prit le verre et le porta à ses lèvres. L'eau fraîche lui fit du bien, chassant au moins temporairement la nausée.

— Eh bien ? demanda-t-il en la regardant poser son verre sur la table basse. Comptais-tu me le dire ? Réponds-moi.

— Évidemment que j'allais te le dire, dit-elle avec calme. Une fois passé les trois premiers mois.

— Tu n'envisages pas de t'en débarrasser ?

— Bien sûr que non ! protesta-t-elle en tressaillant, choquée. Je veux le garder !

— Forcément, puisque cet enfant est de moi.

Un nouveau tressaillement la parcourut.

Une lueur farouche éclairait le regard de Dante. Un accent presque possessif avait coloré sa voix. Comme s'il voulait cet enfant.

Un vide s'ouvrit en elle, un manque abyssal. Ce qui était absurde.

— Comment sais-tu qu'il est de toi, d'abord ? attaqua-t-elle.

— Tu étais vierge, trésor, répondit-il d'un ton sardonique. Et, à moins que tu ne te sois précipitée dans le lit d'un autre homme après notre charmant petit intermède, je suis quasiment certain d'être le géniteur de l'enfant que tu portes. Mais si tu souhaites faire un test de paternité, pas de problème.

Le regard pénétrant de Dante la fit trembler sans qu'elle comprenne pourquoi.

Décidément, elle réagissait de façon ridicule, absurde. Il voulait cet enfant ? Et alors ? Cela ne changeait rien. Elle devait toujours réparer ses erreurs et accomplir sa mission.

— Non, ce ne sera pas nécessaire.

— Très bien, déclara-t-il d'une voix dure. Nous réglerons les autres détails plus tard, dans ma suite.

— Pardon ? s'exclama-t-elle, abasourdie.

4.

— Tu as très bien entendu, répliqua Dante avec fermeté. On part dans cinq minutes. Je vous emmène, toi et mon enfant.

Stella le dévisagea en écarquillant les yeux, l'air ahuri, voire horrifié. De toute évidence, la perspective de partir avec lui était loin de l'enchanter.

Peu importe. Il lui accordait cinq minutes pour préparer ses affaires, pas une de plus. Non seulement il avait hâte de quitter cet endroit sordide mais, à en juger par la pâleur du teint de Stella et les cernes qui soulignaient ses yeux bleus, elle avait besoin de sortir de ce trou à rats.

Cette femme portait son enfant. *Son* enfant !

À vrai dire, il était lui-même encore sous le choc.

Quand il avait aperçu le dépliant posé sur le minuscule plan de travail en allant lui chercher un verre d'eau, il avait senti un gouffre s'ouvrir en lui.

Il n'avait couché avec elle qu'une seule fois, mais sans utiliser de préservatif. Lui qui prenait *toujours* ses précautions ! Mais ce soir-là il avait été drogué, avant de se réveiller ligoté sur un lit avec un pistolet braqué sur la tête, et de se consumer de désir pour celle-là même qui le menaçait. Il avait perdu tout sens des réalités. À tel point qu'il n'avait même pas pensé à lui dire qu'il avait des préservatifs dans son portefeuille.

Stella Montefiore était vierge à ce moment-là. C'était à lui de songer à la contraception, bon sang !

Parce que maintenant elle était enceinte. De lui.

Ayant eu lui-même une enfance désastreuse, il n'avait jamais souhaité avoir d'enfants. Dans la vie, tout était temporaire et douloureux, alors mieux valait se contenter de l'instant présent et en profiter au maximum. Fonder une famille, c'était inenvisageable pour lui. La sienne se réduisait à une seule personne – Enzo. Ce lien fraternel lui suffisait. Il n'avait pas besoin d'autre chose.

Il n'en voulait pas.

Alors, d'où venait cet instinct possessif qui le prenait à la gorge ?

Il n'en savait rien. Mais cet instinct était bien réel, il lui donnait envie de soulever Stella dans ses bras et de l'emporter loin de là pour qu'ils soient en sécurité, le bébé et elle…

Minute ! C'était logique comme réaction. Cette femme avait tenté de le tuer, il était donc impossible de lui faire confiance. Par conséquent, la meilleure solution était de l'emmener dans un lieu où il pourrait la surveiller.

Il se rendait vaguement compte qu'il essayait de rationaliser la chose, mais dans l'immédiat il s'en fichait. Il répondait à un besoin viscéral, biologique, impossible à ignorer.

Quant à Stella, elle le dévisageait, le menton haut, les yeux étincelants de colère.

— Partir avec toi ? dit-elle enfin d'un ton neutre. Ça, certainement pas. Mais si tu veux…

— Inutile de protester, l'interrompit-il. Tu ne restes pas dans ce trou à rats. Ce serait dangereux pour toi et pour mon enfant.

— Ah ? fit-elle en haussant un sourcil doré. Et depuis quand un play-boy invétéré se soucie-t-il de sa progéniture ?

Un souvenir lui traversa l'esprit, celui d'un appartement sordide de Naples – du même genre que celui-ci —, de sa mère étendue sans connaissance sur le sofa, de cris dans le couloir derrière la porte.

Il avait été terrifié à l'idée que quelqu'un l'enfonce et fasse irruption dans la pièce. Il n'y aurait eu personne pour le protéger… Sa mère se fichait complètement de lui. Elle avait beau répéter qu'elle l'aimait, qu'elle prenait soin de lui, elle manquait à ses devoirs maternels. Au lieu de s'occuper de lui quand il avait besoin d'elle, elle préférait boire et oublier, noyant ses problèmes dans l'alcool.

Voulait-il finir par lui ressembler ? Non.

La colère sourde qui sommeillait en lui depuis des années se réveilla d'un coup. Il soutint le regard méfiant de Stella.

— Contre toute attente – et malheureusement pour toi –, il se trouve que je m'en soucie, en effet.

— Oh ! je vois ! fit-elle avec un franc mépris. Tu vas bientôt me dire que le don Juan irréductible a brusquement décidé de se ranger. Tu as prévenu la presse people ?

Il décida d'ignorer le sarcasme et croisa les bras.

— Écoute-moi bien, trésor. Parce que je ne le répéterai pas. Tu as cinq minutes pour préparer tes affaires. Et je te garantis que je n'hésiterai pas à t'emmener de force s'il le faut.

Les yeux bleus étincelaient de colère, mais peu importe. Il ne s'agissait pas d'elle ni même de lui. Il s'agissait de leur enfant.

— Très bien, déclara-t-elle tout à coup en détournant les yeux. Je n'ai que mon sac à main à emporter.

Il la regarda, surpris

Elle avait de nouveau blêmi, et la pâleur de son teint faisait ressortir les ombres mauves soulignant ses yeux. Elle se tenait les avant-bras et s'enfonçait les ongles dans la chair. Il baissa les yeux sur son T-shirt en coton défraîchi, son jean quelconque.

Plus rien à voir avec la poupée de porcelaine en robe de soie bleue !

Il avait devant lui une fugitive. Elle avait tout fait pour

lui échapper. Or, non seulement il l'avait retrouvée, mais il avait découvert son secret. Dur à encaisser…

Le besoin de la protéger refit surface, mais il ne chercha pas davantage à l'analyser. Il se pencha et souleva de nouveau Stella dans ses bras.

— Arrête, murmura-t-elle.

Mais elle ne tenta pas de le repousser. Au contraire, elle se détendit contre lui. Comme si elle n'attendait que cela : qu'il la prenne en charge.

Ce constat procura à Dante une satisfaction sur laquelle il évita de s'appesantir.

— Tu peux marcher ? demanda-t-il en scrutant ses traits.

Une adorable roseur envahit les joues pâles.

— Bien sûr que je peux marcher.

— Je te repose sur tes pieds, alors ?

Sans dire un mot, elle pinça les lèvres et détourna les yeux.

Il s'avança vers la table pour lui permettre de prendre le sac à main posé dessus, puis il se dirigea vers la porte, l'ouvrit et s'avança dans le couloir.

Ils croisèrent des gens qui les regardèrent d'un drôle d'air, mais il les ignora. De la même façon qu'il s'efforçait d'ignorer la douce chaleur émanant du corps mince qu'il serrait dans ses bras, ainsi que ses effluves légers et fleuris.

Rien à voir avec le parfum capiteux de Monte-Carlo, mais c'était mieux ainsi. La situation était déjà bien assez compliquée sans y ajouter le sexe. Il n'avait pas l' habitude de refréner sa libido, mais il y avait un temps pour tout, et ses désirs sexuels passaient *après*.

Dehors, les jeunes étaient toujours là, comme s'ils avaient guetté sa réapparition. Le chauffeur eut la présence d'esprit de sortir rapidement de voiture et d'ouvrir la portière arrière pour qu'il puisse installer Stella sur la banquette.

— À l'hôtel, ordonna-t-il une fois assis à côté d'elle.

Lorsque la voiture démarra, il sentit un profond sentiment

de satisfaction l'envahir. La satisfaction d'avoir commis, pour la première fois de sa vie, une action *juste*.

Stella resta muette durant tout le trajet, mais il la laissa tranquille. Elle paraissait vraiment épuisée, et curieusement, il ne voyait lui-même rien à lui dire.

À l'hôtel, les membres du personnel, qu'il connaissait tous par leur prénom, l'attendaient pour le conduire à sa suite.

L'allure de Stella dut les surprendre, comparée à celle des riches clientes de l'établissement et des femmes qu'il fréquentait habituellement, mais tous étaient trop stylés pour manifester leur étonnement, voire leur désapprobation.

Il ne s'était jamais préoccupé des commérages. Ses frasques faisaient régulièrement la une de la presse à scandale, mais il n'en avait cure. Ça l'amusait, au contraire. Cependant, la situation était différente, à présent. Il ne voulait pas que l'on glose sur Stella Montefiore et lui, et encore moins que quiconque ait vent de sa grossesse. Pas encore, du moins. Pas avant qu'il ait décidé de la meilleure conduite à adopter.

Aussi donna-t-il des instructions au majordome d'une part pour faire monter un repas, et d'autre part pour veiller à ce que le personnel se montre discret quant à la présence de la jeune femme qui l'accompagnait.

Ensuite, il congédia tout le monde, referma la porte d'une main ferme puis revint dans l'opulent salon où il avait laissé Stella assise sur l'un des divans recouverts de lin blanc, face à la vue superbe sur les toits de la vieille ville.

Elle n'était plus assise mais allongée sur le côté, les genoux remontés contre sa poitrine, et profondément endormie. La fatigue avait eu raison d'elle.

Sans faire de bruit, il se rapprocha d'elle et la contempla.

Ainsi lovée sur le divan, si menue, elle lui fit de nouveau penser à une poupée de porcelaine aux cheveux lisses et dorés, aux courbes délicates.

Cette femme à l'air inoffensif avait tenté de le tuer, puis

elle lui avait offert l'une des expériences sensuelles les plus intenses de sa vie. Et pourtant, le simple fait de la regarder faisait à présent naître en lui un besoin irrépressible de la protéger, doublé d'une émotion dérangeante et impossible à endiguer.

Sans réfléchir, il s'empara du plaid en cachemire gris perle posé sur le bras du divan et l'étendit sur Stella afin qu'elle ne prenne pas froid.

Il le faisait pour l'enfant, bien sûr.

Il tressaillit à cette idée.

Depuis des années, il menait une vie insouciante, sans se préoccuper de qui que ce soit. Aussi avait-il du mal à reconnaître que le sort d'un petit être qu'il ne connaissait même pas lui importait autant.

Son enfant.

Au départ, dans cet horrible appartement où il avait trouvé Stella, il avait pensé que son rôle se bornait à veiller à la sécurité du bébé. Mais, à présent qu'elle et l'enfant étaient sous sa responsabilité, cela changeait tout.

Et puis, un autre sentiment commençait à germer en lui. La certitude d'avoir déjà un lien puissant avec cet enfant. Il s'agissait sans aucun doute d'une réaction purement biologique, mais néanmoins bien réelle.

Autrefois, il avait tourné le dos à un être qui avait besoin de lui, pour ne plus avoir à s'en occuper. Et cet abandon avait eu des conséquences tragiques qui avaient laissé en lui des cicatrices indélébiles. Depuis, dès qu'une situation commençait à devenir compliquée, il la fuyait comme la peste. Pourtant, de façon inexplicable, il ne pouvait pas se résoudre à fuir celle dans laquelle il se retrouvait impliqué aujourd'hui.

Ce petit être n'avait pas demandé à naître d'un play-boy égoïste et d'une meurtrière potentielle. Il était innocent, et il avait besoin que quelqu'un soit là pour lui. Or, Dante savait mieux que quiconque ce que c'était que d'être victime des problèmes des adultes. Et même s'il n'avait rien d'un futur père modèle, tant s'en faut, il désirait être ce quelqu'un.

Que cela plaise à Stella Montefiore ou non.

Stella fut réveillée par un délicieux arôme qui, pour une fois, ne lui donna pas la nausée. Pour un peu, il lui aurait même ouvert l'appétit.

Sauf que, pour manger, elle aurait dû ouvrir les yeux et se lever. Or, sa couche était trop confortable, la couverture étendue sur elle trop douce…

Une voix grave et profonde la berçait, la rassurait. Celle d'un homme qui s'exprimait en anglais, sans doute au téléphone car elle n'entendait pas d'autre voix. Il était question d'un bébé…

Un frisson glacé la traversa tandis que tout lui revenait d'un coup : l'apparition de Dante Cardinali dans son appartement. Le dépliant resté sur le plan de travail de la cuisine…

Jamais elle ne se serait attendue qu'il veuille l'emmener à l'hôtel. Encore moins que ce play-boy égoïste aux mœurs dissolues assume d'emblée ses responsabilités de géniteur.

En fait, l'attitude de Dante l'arrangeait. Sa proximité lui facilitait la tâche. Aussi s'était-elle contentée de protester un peu, pour la forme. Et pour qu'il ne soupçonne pas ses motivations, elle l'avait même laissé la porter jusqu'à la voiture, histoire de donner le change.

Tout doucement, elle entrouvrit les paupières.

La lumière du couchant colorait les murs d'un beau rose pastel, les larges baies vitrées du salon étaient ouvertes. Planté au milieu sur la terrasse, lui tournant le dos, Dante parlait, le téléphone collé à l'oreille.

Elle aurait aimé lui en vouloir de l'avoir amenée là quasiment de force, comme si elle lui appartenait. Mais, de façon étrange, la colère ne prenait pas. Une douce léthargie l'empêchait de se rebeller. Alors qu'elle aurait dû se lever et se tenir sur ses gardes, les yeux grands ouverts, elle éprouvait au contraire une irrésistible envie de se rendormir bien au chaud.

Brusquement, il se retourna, leurs regards se croisèrent, et elle ressentit la même sensation qu'au moment où elle lui avait ouvert la porte de son appartement et s'était retrouvée face à lui.

Il sourit, mais son sourire ne s'adressait pas à elle, car dès qu'il eut mis fin à l'appel et glissé le téléphone dans sa poche, son visage se ferma.

La lueur qui couvait au fond des yeux sombres la mit mal à l'aise.

Visiblement, il avait pris une décision. Avait-il changé d'avis à propos du bébé et appelé finalement la police ?

Non, il n'aurait pas parlé anglais…

— Tu es réveillée, dit-il en rentrant dans le salon.

Impossible de faire semblant de dormir. Elle se redressa donc sur son séant et repoussa derrière l'oreille la mèche de cheveux qui lui tombait sur les yeux.

— Oui, acquiesça-t-elle en remontant le plaid sur son buste.

— J'ai fait monter un repas, reprit-il avec un bref signe de tête vers la table installée sur la terrasse.

La table en pierre flanquée de bancs recouverts de coussins était dressée pour deux. Des bougies insérées dans des photophores en verre transparent répandaient sur les plats une lumière dorée.

— Il faut que tu manges quelque chose, enchaîna Dante.

Elle serra les mâchoires, prête à refuser…

Mais ce serait une erreur. Si elle voulait mener à bien son nouveau plan, elle ne devait pas opposer de résistance. Il fallait donner à Dante une impression de docilité, de manière à ce qu'il ne la voie plus comme une menace.

Lentement, elle se leva, ravie de constater que ses jambes ne tremblaient plus et qu'elle tenait debout toute seule.

Il la regarda faire en plissant les yeux, comme s'il craignait qu'elle ne s'effondre à tout instant.

— Je me sens bien, dit-elle un peu sèchement. Alors, inutile de me regarder comme si j'allais m'écrouler.

— Tu as dit la même chose tout à l'heure, lui rappela-t-il sans s'émouvoir. Et tu as vu le résultat ?

— Décidément, tu te préoccupes beaucoup de ma santé. Je peux savoir pourquoi ?

— Dois-je te rappeler que tu portes mon enfant, trésor ? répliqua-t-il, impassible.

Décidant d'ignorer son ironie, elle s'avança prudemment.

Rien. Pas le moindre vertige.

Enhardie, elle continua sa progression, mais à l'orée de la terrasse, elle frissonna et s'arrêta, resserrant le plaid sur sa poitrine, car bien qu'il ne fasse pas vraiment froid, le crépuscule tombait sur la ville.

Les arômes montant des plats lui caressèrent les narines, ainsi qu'une senteur plus exotique…

Du bois de santal ?

Sans s'en rendre compte, elle s'était rapprochée de Dante.

Les derniers rayons du soleil projetaient des reflets dorés sur ses épais cheveux noirs, sur sa peau hâlée, et un courant électrique passa entre eux. Elle se rappela la sensation de son corps ferme et chaud, de son membre puissant bougeant en elle…

Comment oublier cela, maintenant qu'elle portait en elle le souvenir de leur folle étreinte ? Ce souvenir l'accompagnerait jusqu'à la fin de ses jours sous la forme de l'enfant qu'ils avaient conçu ensemble.

Elle faillit poser la main sur son ventre.

Non, elle ne pouvait penser au bébé ! Pas maintenant. Pas avant d'avoir accompli sa mission.

Agacée par les réactions malvenues de son propre corps, elle passa devant Dante sans le regarder et s'assit sur l'un des deux bancs.

La nourriture présentée sur des petits plats en argent était simple mais appétissante : un assortiment de fromages, des olives, une salade composée, du pesto et du pain frais à la croûte dorée. Il y avait aussi de la charcuterie mais, d'après le dépliant rapporté de la pharmacie, elle n'y avait pas droit.

Un verre de vin avait été servi pour Dante, un verre de jus d'orange pour elle.

Quand elle souleva son verre, il s'assit en face d'elle tout en continuant de l'observer avec attention.

— Comment te sens-tu ? demanda-t-il en prenant son verre de vin.

— Bien, répéta-t-elle. J'ai dormi longtemps ?

— Quelques heures. Mange, cela te fera du bien.

— Je sais, merci, répliqua-t-elle d'un ton vif.

Il avait raison, mais c'était plus fort qu'elle. Elle ne pouvait s'empêcher de regimber.

Avant Monte-Carlo, elle avait considéré Dante Cardinali uniquement comme un individu nuisible et une cible. Une fois face à lui, il était devenu un homme, qu'elle s'était efforcée de voir comme un play-boy égoïste afin de ne pas renoncer carrément à sa mission.

Depuis qu'il l'avait retrouvée et qu'il avait découvert qu'elle était enceinte de lui, il se montrait *très* protecteur envers elle, et elle avait le sentiment dérangeant que, peut-être, il ne se réduisait pas à la caricature qu'elle s'était forgée de lui. Qu'il était peut-être un homme comme les autres.

Elle avait tort de penser ainsi. Elle ne pouvait se permettre de le voir comme une personne, ou bien elle échouerait à nouveau.

— Je sais que tu ne peux pas manger de charcuterie, dit-il, toujours imperturbable. Mais tu as droit à tout le reste.

— Parce que tu es devenu un expert en grossesse, à présent ? Combien d'enfants as-tu déjà engendrés, au juste ?

— Tu vas sans doute avoir du mal à le croire, mais, hormis celui que tu portes, aucun, répondit-il avec calme. Et, non, je ne suis pas un expert en grossesse, j'ai simplement appelé ma belle-sœur pour qu'elle me fasse un petit topo rapide.

Une lueur brûlante traversa son regard.

— Mais ne t'inquiète pas, trésor, poursuivit-il avec l'ombre d'un sourire. J'aurai comblé mes lacunes d'ici à demain matin.

— Que dois-je en déduire ? répliqua-t-elle, curieuse. Ne me dis pas que tu désires t'impliquer dans le quotidien de ton enfant ou te caser ? Surtout avec une femme qui a tenté de te supprimer.

— Je ne sais pas, dit-il lentement en la regardant droit dans les yeux. As-tu l'intention de recommencer ?

— C'est possible, fit-elle, désinvolte. À ta place, je ne dormirais que d'un œil.

Durant un long moment, elle retint son souffle tandis que Dante la contemplait en silence. Puis il reposa son verre et sourit, d'un sourire si sexy qu'elle sentit son cœur se mettre à battre la chamade.

— Ou bien je pourrais coucher avec toi, tout simplement, et faire en sorte que tu penses à autre chose, murmura-t-il.

La chaleur envahit ses joues et frémit entre ses cuisses.

— Mais tu ne recommenceras pas, poursuivit-il. Si tu n'as pas pu le faire il y a cinq semaines, il est peu probable que tu y parviennes maintenant, avoue-le.

Il avait raison. Une fois de plus. Mais elle détesta l'arrogance avec laquelle il venait de s'exprimer.

— Comment peux-tu le savoir ? riposta-t-elle. Tu ne me connais pas.

— Au contraire, trésor. Je sais beaucoup de choses sur toi.

Sans détacher le regard du sien, il reprit son verre de vin et en caressa le pied du pouce.

— Stella Montefiore, fille cadette de Stefano Montefiore, soutien très actif de mon père même après que notre famille a été exilée. Le gouvernement de Monte Santa Maria a découvert que Stefano avait essayé d'envoyer au mien une somme considérable destinée à l'aider à reconquérir le trône. Cependant, la police n'a pas réussi à le retrouver. On n'a pu arrêter que son fils, Matteo. C'est lui qui s'est retrouvé en prison. Et qui y est mort.

Elle sentit la douleur familière lui étreindre la poitrine. Et avec elle, la culpabilité resurgit, menaçant de l'engloutir.

Le souvenir de ce jour atroce avait conservé toute sa cruauté. La police était venue chez eux et avait interrogé sa mère à propos des déplacements récents de Stefano et de Matteo. Celle-ci s'était mise à pleurer et n'avait pu répondre à aucune de leurs questions, ce qui avait rendu les policiers furieux. Elle-même n'avait que neuf ans, et elle était hypersensible. Elle n'avait pas supporté de voir sa mère pleurer. Terrifiée et persuadée que les policiers allaient s'en prendre physiquement à sa mère, elle avait parlé, elle leur avait dit tout ce qu'ils avaient besoin de savoir : qu'elle avait vu son frère et son père se diriger vers les vieilles grottes auxquelles on accédait par la plage à proximité de leur maison.

Son père avait réussi à s'enfuir à temps, mais pas son frère. Il avait été arrêté et incarcéré. Cinq ans plus tard, il était mort en prison.

Par sa faute.

Elle était entièrement coupable. Elle savait très bien qu'elle n'aurait rien dû dire aux policiers, même s'ils les avaient frappées, elle et sa mère.

S'efforçant de se montrer forte, froide, de ressembler à la

fille que son père voulait qu'elle soit, elle soutint le regard de Dante.

— Oui, acquiesça-t-elle d'une voix posée. Où veux-tu en venir, au juste ?

— Je sais pourquoi tu as tenté de me tuer, trésor. Parce que ton père a décidé que ce serait œil pour œil, dent pour dent…

Il fit tourner le vin dans son verre.

— Ou plus exactement fils pour fils.

Un frisson la parcourut. Elle prit une nouvelle gorgée de jus d'orange pour se donner une contenance, dissimuler sa honte et sa colère.

— J'ai raison, n'est-ce pas ?

S'interrompant, il baissa les yeux sur l'assiette qu'elle avait à peine entamée.

— Mange, s'il te plaît. Sinon, je vais devoir t'y forcer.

Elle aurait bien aimé refuser, repousser son assiette. Mais elle devait se montrer docile. Et puis, si elle ne mangeait pas, elle risquait de se sentir à nouveau mal.

Après avoir pris une olive, elle leva les yeux et la glissa entre ses lèvres, le regard rivé à celui de Dante.

Le goût de la chair ferme était délicieux. Seigneur, elle mourait de faim !

Elle en prit une deuxième et dit avec calme :

— Le décès de mon frère ne te concerne en rien. Mais, si tu tiens à réveiller les morts, nous pourrions peut-être évoquer ceux de ta famille ?

Les recherches qu'elle avait effectuées de son côté lui avaient appris quelques détails intéressants sur les Cardinali. La mère avait quitté son mari et son fils aîné, emmenant Dante, le plus jeune. Il n'avait que douze ans à l'époque. D'après les archives, elle était morte quelques années plus tard à l'hôpital de Naples, d'une blessure à la tête.

Une lueur dure traversa le regard de Dante.

— Tu veux parler de mes parents ? Pas de problème. Mon père était un assoiffé de pouvoir, un individu égoïste qui tenait davantage à son trône qu'à sa famille. Après l'avoir perdu, il a passé le reste de sa misérable vie à essayer de le reconquérir. Ma mère était alcoolique. Pour se construire une nouvelle vie, elle m'a emmené vivre avec elle dans un taudis, à Naples. J'avais seize ans quand elle est morte. J'étais seul, à la rue, et j'ai dû me débrouiller comme j'ai pu jusqu'à ce que mon frère Enzo me retrouve.

Il porta son verre à ses lèvres et en but une gorgée.

— D'autres questions ?

Rien, dans ce récit, ne surprenait Stella. Elle connaissait déjà ces faits. Mais Dante avait raconté tout cela d'un ton détaché, comme s'il parlait d'étrangers.

Toutefois, cette indifférence n'était qu'apparente, elle le comprit au faible éclat doré qui jouait dans ses yeux.

Que ressentait-il vraiment ? De la colère ? De la souffrance ?

Elle ne devrait pas se poser ce genre de questions. Elle ne devait pas le considérer comme une personne.

Prenant la tranche de pain qu'il avait coupée pour elle, elle y étala une fine couche de pesto.

— Non, je n'ai pas d'autres questions. Et je savais déjà tout cela, tu n'es pas le seul à avoir fait ta petite enquête, dit-elle d'un ton dégagé, avant de mordre dans la tranche de pain.

— Dans ce cas, pourquoi vouloir parler du passé ? répliqua-t-il avec un haussement d'épaules. Le plus important, et le plus urgent, c'est de discuter de ce que nous allons faire concernant mon enfant.

— *Notre* enfant, corrigea-t-elle sans réfléchir.

Une sensation bizarre frémit dans sa poitrine.

« Notre enfant » ? Depuis quand Dante et elle formaient-ils un *nous* ?

— Ah ? fit-il, les yeux étincelants. C'est ainsi que tu vois les choses ?

— De quelles choses parles-tu, au juste ? riposta-t-elle, tendue.

— Nous avons déjà décidé que tu garderais l'enfant. Mais quelles sont tes intentions pour la suite ? Envisages-tu de l'élever ?

Sa main se posa d'elle-même sur son ventre. Pour protéger le bébé. Le petit innocent auquel elle s'efforçait de ne pas penser.

Elle allait être mère. Comment aurait-elle pu ne pas penser à son enfant ?

Mais, alors qu'une vie nouvelle grandissait en elle, elle avait aussi une mission à remplir. Une mission sinistre.

Sa gorge se noua.

Non, sa mission n'avait rien de sinistre ! s'admonesta-t-elle. Matteo était mort à cause d'elle, comme son père n'avait cessé de le lui répéter depuis. Par conséquent, c'était à elle de réparer les torts qu'elle avait causés. De venger sa mort.

Après s'être donné pour tâche d'éliminer Dante Cardinali et avoir échoué, elle devait tout tenter pour aller jusqu'au bout autrement. Quoi qu'il arrive. Quant au bébé, elle y penserait après, une fois que la mort de Matteo aurait été vengée. À ce moment-là, elle serait libérée et pourrait se consacrer au présent et à l'avenir.

En attendant, elle devait se montrer conciliante et souple avec Dante. Et surtout ne pas se disputer avec lui.

Mais cela ne l'empêcha pas de riposter vivement.

— Pourquoi ne voudrais-je pas élever mon enfant ?

Dante la dévisagea un instant en silence puis secoua la tête.

— Nous reparlerons de cela plus tard. Dans l'immédiat, nous avons des décisions plus urgentes à prendre.

5.

Dante n'en revenait pas.

Stella avait l'air si distant, assise là en face de lui à le défier du regard. Après avoir déclaré tranquillement qu'elle pourrait fort bien tenter à nouveau de le tuer, elle contestait de façon à peine voilée ses droits à lui d'élever leur enfant. Ses droits paternels.

Comme si elle ne lui avait pas pointé un pistolet sur la tête un mois plus tôt. Comme si elle ne s'était pas déshabillée avant de le chevaucher hardiment, les conduisant à une extase dont il n'aurait jamais osé rêver.

Sant'Iddio, il était excité rien que d'y repenser !

Il avait résolu de ne pas coucher avec elle, convaincu que cela ne ferait que compliquer une situation déjà problématique, et pourtant…

Avec ce plaid en cachemire qui enveloppait ses épaules délicates, elle était incroyablement sexy.

Son beau visage avait repris un peu de couleur, les cernes mauves s'étaient légèrement estompés. Mais la détermination qui emplissait ses yeux bleu argenté n'avait pas faibli d'un iota.

Ce qu'il lui avait dit ne l'avait donc pas touchée ? Même pas l'allusion à son frère mort en prison ?

Quand il avait mentionné Matteo, il avait vu sa bouche pulpeuse se crisper imperceptiblement, et il s'était reproché un bref instant d'avoir été trop brutal. Mais elle avait tenté de le supprimer, bon sang !

Il lui avait raconté tout cela pour avoir la confirmation qu'elle s'en était prise à lui pour venger la mort de son frère, mais elle n'avait rien dit qui puisse corroborer ses soupçons. Cependant, sa façon de changer brusquement de sujet indiquait qu'il avait vu juste. Il s'agissait bel et bien de vengeance. Stefano Montefiore voulait la vie de l'un des fils de Luca Cardinali en échange de celle de son propre fils.

Plutôt archaïque comme attitude. Dante aurait même pu en rire, s'il n'avait pas été responsable de la situation délicate dans laquelle il se retrouvait piégé.

Stella Montefiore portait son enfant, c'était une réalité. Et que cela lui plaise ou non, il devait prendre une décision quant à la conduite à adopter.

La meilleure solution consistait à la garder à proximité, il n'avait aucun doute sur ce point. D'autant plus qu'elle n'avait pas eu l'air de plaisanter quand elle avait déclaré qu'elle pourrait très bien renouveler sa tentative d'assassinat.

Mais il ne s'agissait pas uniquement de sa vie à lui. Il y allait aussi de celle de leur enfant. Et comme il n'avait pas confiance en Stella, elle resterait avec lui pour l'instant. Autrement dit, elle ne quitterait pas cette suite. Non seulement il était hors de question que les médias apprennent sa grossesse, mais il fallait s'assurer qu'elle bénéficie du meilleur suivi médical et prenne soin d'elle-même.

Plus tard, une fois que la période à risque serait passée… Eh bien, c'était un autre point à éclaircir. Mais de toute façon il ne pouvait pas la laisser partir tant qu'elle représenterait un danger pour lui. Et si elle refusait ses conditions, il ferait appel à la police.

Non, éventualité à proscrire ! Parce que les enquêteurs découvriraient sans mal l'identité de Stella, et ils l'arrêteraient pour tentative de meurtre. Or, il ne voulait pas qu'elle soit inculpée et incarcérée.

Depuis quand se souciait-il du sort d'une meurtrière en herbe ?

Au fond, il se moquait bien du sort de Stella Montefiore, se convainquit-il. Mais pas de celui de son enfant. Son fils ou sa fille ne naîtrait pas en prison.

— Et quand comptes-tu en reparler, exactement ? demanda-t-elle d'un ton neutre. Après la naissance de notre enfant ?

— Je peux déjà t'affirmer que, aussitôt après sa venue au monde, il ou elle vivra avec moi.

Quand avait-il pris cette décision, au juste ?

Les yeux bleus flamboyèrent de colère.

Pas de problème. Autant qu'elle sache à quoi s'attendre dès maintenant. Il avait perdu ses deux parents, son père à cause de son obsession pour le trône, sa mère à cause de son obsession pour l'alcool. La leçon avait été douloureuse. Même s'il ne valait pas mieux qu'eux, il avait au moins la possibilité de ne pas reproduire leurs erreurs et d'éviter d'imposer la même souffrance à son enfant.

— Avec toi ? Avec un play-boy aux mœurs dépravées qui ne s'est jamais soucié que de lui-même ? Tu veux vraiment t'occuper de ton enfant ? Tu parles sérieusement ?

Le ton de Stella, le mélange de dédain et d'incrédulité qui colorait ces paroles, tout le hérissait, mais il voyait clair dans son jeu. Elle le provoquait, comme le soir de leur rencontre. Ce qui signifiait qu'il avait réussi à entamer ses défenses.

Il la regarda en souriant.

— C'est toujours mieux que d'avoir une meurtrière pour mère, non ?

Les joues de Stella s'empourprèrent, ses yeux étincelèrent de rage. Ce qui eut pour effet d'embraser la libido de Dante.

Sant'Iddio, pourquoi réagissait-il ainsi ? C'était le désir sexuel qui les avait fourrés dans cette situation, bon sang ! En y cédant, il ne ferait que compliquer encore les choses.

— Je sais, trésor, murmura-t-il, tu n'es pas encore une vraie meurtrière. Mais n'oublie pas que tu m'as conseillé de ne dormir que d'un œil. Et que tu as pointé le canon d'un pistolet sur ma tête en affirmant que tu voulais ma mort. Ce sont des choses qui ne s'oublient pas. L'intention était bien là, même si tu n'es pas passée à l'acte.

Elle crispa les mâchoires et se raidit de la tête aux pieds. Intéressant. Que n'appréciait-elle pas ? Le fait qu'il lui rappelle ce qu'ils savaient déjà tous les deux ? Ou éprouvait-elle une répugnance soudaine à l'égard du terme « meurtrière » ?

— Que veux-tu que je dise ? demanda-t-elle en redressant le menton. Que je ne tenterai plus de te tuer ? Me croirais-tu, si je te le promettais ?

Une chose était certaine, il la croyait incapable de commettre un meurtre.

Le sexe n'avait pas de secrets pour lui. C'était le seul rapport intime qu'il s'autorisait avec un autre être humain. Dans l'acte sexuel, une femme montre son vrai visage. Quand elle se laisse emporter par la jouissance, elle dévoile son âme. Et Stella n'était pas différente des autres.

Ce soir-là, à Monte-Carlo, il avait vu son âme. Et celle-ci vibrait de passion, de joie et d'émerveillement. Ce n'était pas l'âme d'une meurtrière. Il l'avait déjà compris quand elle avait eu l'occasion de presser la détente et qu'elle n'en avait rien fait. Il l'avait su avec certitude en la voyant s'abandonner à l'extase.

Mais peut-être ne le savait-elle pas elle-même.

— Admettons que je te croie, répliqua-t-il lentement en la regardant droit dans les yeux. Mais toi, est-ce que tu y croirais ?

Elle le foudroya du regard.

— Je ne comprends pas ce que tu veux dire.

— C'est pourtant simple : je ne pense pas que tu sois une meurtrière, trésor. Je ne l'ai jamais pensé. Mais tu n'apprécies manifestement pas que je te le fasse remarquer. Déjà à Monte-Carlo, lorsque je t'ai dit à peu près la même chose. Mais sinon, Stella, pourquoi cela te déplairait-il de t'entendre traiter de meurtrière ?

Une lueur indéchiffrable traversa ses yeux bleus, puis Stella détourna la tête en portant son verre de jus d'orange à ses lèvres.

Sa main tremblait. Pas énormément, mais assez pour qu'il s'en aperçoive.

Se prenait-elle vraiment pour une meurtrière ? Peut-être avait-elle dû s'en persuader pour pouvoir organiser le petit guet-apens de Monte-Carlo, et peut-être continuait-elle à se le répéter pour aller jusqu'au bout de sa mission.

— Et toi ? rétorqua-t-elle enfin en reposant son verre sur la table d'un geste brusque. Tu es heureux de t'entendre traiter de play-boy égoïste ?

— Tu n'as pas répondu à ma question.

— Pourquoi y répondrais-je ?

— Tu n'y es pas obligée, dit-il tranquillement. Mais j'ai vu ton âme, trésor. Tu me l'as montrée cette nuit-là, quand tu me chevauchais et que tu nous as fait grimper tous les deux au paradis. Et l'âme que j'ai vue était lumineuse, elle n'avait rien de sombre.

Il se surprenait lui-même. Qu'est-ce qu'il lui prenait ? Pourquoi parlait-il à Stella de son âme ?

Peut-être par égoïsme, bien que de façon détournée. Pour l'empêcher de tenter à nouveau de l'éliminer. Mais à quoi bon chercher à la convaincre de la pureté de son âme, alors qu'il était certain qu'elle n'irait pas jusqu'au bout de son sinistre projet ?

— Si tu es certain que je ne ferai pas de nouvelle tentative, qu'est-ce que je fais ici ? demanda-t-elle en tournant la tête vers lui, les pommettes rose vif et les yeux brillants.

— Tu le sais. Tu es ici à cause du bébé.

— Je n'arrive toujours pas à comprendre comment un play-boy comme toi pourrait soudain exulter à la perspective de devenir père.

De la colère vibrait dans sa voix, même si elle essayait de la dominer. De la colère et de la passion. Un brasier ardent frémissait en elle, qu'elle était impuissante à étouffer.

Le désir rejaillit en lui, plus impérieux que jamais.

Que faudrait-il pour qu'elle s'embrase tout entière ? Et que se passerait-il si lui, Dante, il attisait le feu qui couvait en elle ?

Il ne devait pas se laisser aller, il le savait. Résister à la tentation n'avait jamais été son fort, mais il n'avait pas le choix. Il devait tenir, coûte que coûte.

Il avait beau en être convaincu, il ne put s'empêcher de la provoquer.

— Une meurtrière comme toi ne doit pas non plus être ravie de se retrouver enceinte, fit-il remarquer. Alors, que t'importe que je veuille élever mon enfant ? Après tout, cela te donnerait plus de temps pour mettre ton plan à exécution.

Quand elle le dévisageait ainsi avec colère, il la désirait encore plus.

Il avait tort de la pousser à bout, et il le savait. Mais il avait commis tellement d'erreurs. Alors, une de plus ou de moins…

— Que cela me ravisse ou non, j'attends un enfant, et je ne fuirai pas mes responsabilités, déclara-t-elle d'un ton farouche.

Elle redressa le menton d'un cran.

— Après tout, c'est ma faute si je suis enceinte.

Il y avait de la dignité dans la façon dont elle lui tenait tête. De la fierté et de la gravité.

— Ah bon ? fit-il en faisant tourner le pied de son verre entre ses doigts. En plus de m'avoir drogué, ligoté et mis en joue, puis de t'être ensuite déshabillée complètement et de m'avoir séduit – alors que tu étais vierge —, tu aurais dû *aussi* penser à utiliser un préservatif ?

— Je ne suis pas une gamine, riposta-t-elle, les joues écarlates. Je sais ce que c'est que la contraception.

— Mais tu l'avais oublié ce soir-là, manifestement.

Ses yeux étincelèrent.

Elle était si jolie, si sexy, enveloppée dans ce plaid gris perle... Il sentait presque le goût de sa colère.

— Pourquoi me provoques-tu ? demanda-t-elle. Qu'est-ce que tu veux ? Tu affirmes que tu désires cet enfant, mais qu'est-ce que ça veut dire ? Que tu me le prendras dès sa naissance ?

Ce qu'il voulait à cet instant précis ? La voir craquer complètement. Céder à la passion qui brûlait en elle, comme cette nuit-là à Monte-Carlo.

Il avait tort. Il aurait dû s'arrêter pendant qu'il en était encore temps. Mais maintenant, il s'en sentait incapable.

— Et alors ? rétorqua-t-il en reposant son verre devant lui. Tu ne crois pas que ce serait la meilleure solution pour lui ou elle ?

— Non ! Certainement pas.

Il posa les mains à plat sur la table et se leva à demi. Puis, avec une lenteur délibérée, il se pencha vers elle jusqu'à ce que leurs visages ne soient plus séparés que par quelques centimètres.

— Dans ce cas, Stella, donne-moi une bonne raison d'avoir confiance en toi.

Incapable du moindre mouvement, Stella sentait son cœur battre à grands coups.

Dante usait de son charisme, de son arrogance, certain de son pouvoir sur elle. Pourquoi le laissait-elle faire ? Pourquoi ne se levait-elle pas et ne lui tournait-elle pas le dos ?

Elle n'en savait rien.

Après avoir répété plusieurs fois qu'elle n'était pas une meurtrière puis avoir déclaré que cette nuit-là, à Monte-Carlo, il avait vu son âme, il venait de dire qu'il ne pouvait pas lui faire confiance concernant leur enfant…

Il croyait la connaître parce qu'il avait lu sur Internet tout ce qu'on pouvait trouver sur sa famille. Mais il se trompait, il ne la connaissait pas. Et pourquoi se souciait-elle de ce qu'il pensait d'elle ?

Elle réfléchirait à cela plus tard. Pour l'instant, elle était trop en colère. Et puis, la beauté de Dante, cette sensualité qui exsudait de lui, cela ne l'aidait pas à avoir les idées claires.

— Eh bien ? demanda-t-il en haussant un sourcil. Tu n'as rien à dire ?

La merveilleuse chaleur se répandit en elle, les effluves de bois de santal l'enveloppèrent. Quelque chose bascula dans l'atmosphère. Un courant électrique palpita entre eux.

Impossible de considérer Dante Cardinali autrement que comme un être humain. Un homme. Un homme terriblement attirant.

Elle aurait dû se lever, s'en aller, mais elle ne pouvait pas. Son cœur battait si fort qu'il devait l'entendre. Des frissons délicieux lui couraient sur la peau.

— Tu devrais m'arrêter, murmura soudain Dante.

Oui. Elle *voulait* l'arrêter. Mais… Mais elle était hypnotisée par la proximité de la lèvre inférieure de la belle bouche sensuelle, celle qu'elle avait mordue dans la chambre d'hôtel de Monte-Carlo, dont elle avait savouré la fermeté et la douceur. Le goût de la bouche de Dante l'avait enivrée, elle le sentait encore sur sa langue.

Ça aurait été facile d'y goûter à nouveau. Elle n'avait qu'à rapprocher le visage du sien.

— Tu te rends compte que tu joues avec le feu, trésor ?

La voix grave à l'accent rauque passa sur sa peau comme une caresse. Au prix d'un effort surhumain, elle détacha les yeux de la belle bouche tentatrice, croisa le regard de Dante… Et frémit violemment.

Le désir y étincelait. Brut, incandescent. Aussi puissant que cinq semaines plutôt. Aussi brûlant.

Pourquoi ne pas s'en servir ? Elle avait besoin d'une arme. Pourquoi ne pas utiliser ce qu'elle avait à sa portée ? Elle détestait se sentir faible et impuissante. Cela lui donnait l'impression d'avoir à nouveau neuf ans, quand elle avait trahi son frère. Elle n'avait rien pu faire ensuite pour empêcher la police de l'arrêter, de l'incarcérer. Elle était *responsable* !

Jamais plus elle ne céderait à un tel accès de faiblesse. Quant à jouer avec le feu, Dante Cardinali était loin de se douter de ce qu'elle mijotait !

Elle ne savait pas embrasser, mais peu importe. Il s'agissait de passer à l'action.

Au lieu de répondre, elle se pencha vers lui et appuya les lèvres sur les siennes.

Son cœur se mit à battre à un rythme sauvage. Les lèvres de Dante étaient douces, chaudes. Elle brûlait de retrouver le goût de cette bouche. Une faim insatiable la consumait.

De son côté, il ne réagit pas. Ne bougea pas.

Elle caressa la lèvre charnue du bout de la langue, en suivit le contour…

Il ne bougea pas davantage.

Elle s'était peut-être trompée ? Il ne la désirait peut-être pas ?

Agacée, elle écarta la bouche de la sienne.

Si, comprit-elle en croisant son regard. Il la désirait aussi ardemment qu'elle le désirait.

— Je t'aurai prévenue, trésor, murmura-t-il.

Brusquement, il se redressa et contourna la table avec la grâce fluide d'un félin, tandis qu'une excitation insensée s'emparait d'elle.

Le cœur battant à tout rompre, elle le regarda se rapprocher, les yeux brillants d'un éclat farouche.

Plus de sourire séducteur, à présent, plus de charme lascif. Le play-boy avait disparu, laissant place au prédateur.

Peut-être devrait-elle s'en effrayer. Il était très grand, athlétique, et elle minuscule. Mais elle ne ressentait aucune peur. Au contraire, elle se sentait puissante. Parce qu'elle l'avait voulu. C'était elle qui avait fait s'écrouler la façade. Elle et seulement elle. Jamais elle ne s'était sentie aussi forte.

Dante la dévisagea un bref instant en silence puis, très lentement, il se pencha et posa les mains sur la table de chaque côté d'elle, la maintenant prisonnière de son corps viril et des effluves entêtants de bois de santal mêlés de senteur musquée.

Un frisson délicieux la parcourut. Le désir fusait partout en elle, irrépressible. Les moindres cellules de son corps pétillaient, vibraient, se réjouissaient…

— Ne t'avise pas de jouer avec moi.

Il y avait une pointe de menace dans la voix sensuelle. Elle eut l'impression d'être au bord d'un précipice.

Pourtant, elle ne put s'empêcher de répliquer.

— Pourquoi ? Aurais-tu peur de perdre le contrôle de la situation si on inversait les rôles ?

Un petit muscle tressaillit au coin des lèvres de Dante.

— Je peux la gérer sans problème.

Sa voix était si rauque, si chaude…

— Vraiment ? fit-elle en souriant, ivre de son propre pouvoir. Je suis curieuse de voir ça.

— Ne t'inquiète pas, je me charge de satisfaire ta curiosité, trésor. Mais il vaut mieux que tu sois sûre de ce que tu fais.

— Pas de problème. Je…

Elle n'eut pas le temps de terminer sa phrase. La bouche de Dante avait pris possession de la sienne.

Il y avait quelque chose de sauvage dans son baiser. La langue experte explorait sa bouche, réclamait, prenait.

Elle ne protesta pas. Se redressant, elle glissa les doigts dans ses cheveux épais et répondit à son baiser avec la même fièvre.

Dante la souleva dans ses bras, envoyant valser les assiettes et les verres qui tombèrent avec fracas sur le sol. Puis il l'assit sur la table devant lui, balaya d'un geste les quelques objets qui s'y trouvaient encore et s'installa entre ses jambes.

Lui tenant la taille d'une main, il appuya sa puissante érection contre son sexe.

Il prenait possession d'elle. Tout entière. Une fois encore, elle avait perdu le contrôle de la situation.

Elle avait l'impression d'avoir déclenché un ouragan et de se retrouver en plein cœur de la tempête. Mais elle n'éprouvait toujours aucune crainte. Seulement de l'excitation et une euphorie sans nom.

S'accrochant des deux mains à sa nuque, elle se mit à trembler de la tête aux pieds.

Dante prenait ce qu'il voulait et elle le laissait faire. Elle s'offrait à lui corps et âme. Cet homme détenait le pouvoir de la transformer en brasier.

Un son guttural franchit les lèvres de Dante, et sa main se referma sur la nuque de Stella, lui renversa la tête en arrière et exposa sa gorge. Puis il quitta sa bouche et laissa glisser ses lèvres sur son menton, lui mordilla le cou, lécha son pouls qui battait comme un fou.

Un violent frisson la parcourut. Elle creusa les reins pour mieux s'offrir à la bouche gourmande. Mais Dante n'en était déjà plus là. Il saisit son T-shirt qu'il déchira d'un geste brusque, dénudant son buste.

Elle frissonna de nouveau tandis qu'il lui caressait le ventre, avant de passer les doigts sous son soutien-gorge, qu'il arracha à son tour.

— Dante…, chuchota-t-elle dans un souffle.

Sans dire un mot, il referma les paumes sur ses seins nus.

— *Dante…*

Penchant la tête, il posa les lèvres sur sa gorge en même temps qu'il titillait sous ses pouces la pointe de ses seins gonflée et durcie. Puis sa bouche avide descendit, trouva un mamelon et l'aspira goulûment.

L'esprit de Stella se vida. Complètement. Le plaisir explosa en elle et autour d'elle. La chaleur s'intensifia, se répandit dans son corps. Toute pensée la déserta, tout désir de pouvoir, de contrôle. Il ne s'agissait plus de mission ou de vengeance. Pas même du bébé qu'elle portait. Rien n'existait plus, hormis ce feu, cette chaleur, la volupté qui les consumait tous les deux.

Obéissant à son instinct, elle s'empara de la veste de Dante et la fit glisser sur ses épaules, puis, les mains tremblantes d'impatience, elle déboutonna sa chemise. Un bouton ou deux sautèrent, il y eut un bruit d'étoffe déchirée. Elle écarta fébrilement les pans et sentit enfin la peau lisse et brûlante sous ses doigts, le torse ferme, les muscles parfaits.

Redressant la tête, Dante reprit sa bouche avec fièvre. Sa langue enlaça la sienne, l'entraînant dans un ballet torride.

Une merveilleuse ivresse avait pris possession d'elle. Elle s'aventurait dans un monde sans limites, sans frontières. L'univers se résumait à cet homme somptueux, à ses grandes mains chaudes, à sa bouche au goût de nectar qui dévorait la sienne.

Il fit descendre jean et culotte sur ses cuisses, ses genoux, ses mollets. Elle fut bientôt nue sur la table.

Le souffle court, les yeux étincelants, une expression prédatrice sur les traits, Dante la fixa quelques instants en silence.

Les derniers rayons du soleil doraient sa peau, mettant en relief sa musculature puissante. Il était d'une beauté inouïe, presque surnaturelle.

Mais lorsqu'elle tendit les doigts vers la boucle de sa ceinture, il repoussa sa main.

— Non, dit-il en lui saisissant les poignets.

Il les lui passa derrière le dos et les y maintint fermement.

— C'est moi qui dirige les opérations, trésor, cette fois.

Elle aurait voulu protester, ne serait-ce que pour la forme, mais le sourire rapace qui se dessina sur les lèvres sensuelles l'en empêcha.

— Tu aimes ça, en fait, murmura-t-il en lui glissant entre les cuisses sa main libre.

Au lieu de se rebiffer, elle laissa échapper un gémissement.

À quoi bon prétendre le contraire ? Comment refouler le plaisir qui sourdait de son sexe, tandis qu'il le caressait avec un art divin ?

— Oui…, murmura-t-elle, écartelée. *Oui…*

Un éclat sauvage traversa les yeux de Dante. Un sourire dur ourla ses lèvres.

— Qu'est-ce que ça fait d'être immobilisée, dis-moi ? Ça te plaît, cette inversion des rôles ?

Au lieu d'être irritée par ses paroles, par l'ironie contenue dans la voix rauque et la lueur de triomphe qui brillait dans ses yeux, elle sentit son excitation redoubler.

— Oui, acquiesça-t-elle dans un murmure. J'aime ça. Caresse-moi encore…

En réponse, Dante poussa un juron étouffé et ouvrit sa braguette. Très vite, elle sentit son érection se presser à l'orée de sa féminité et gémit d'excitation. Elle brûlait de le toucher, mais il lui tenait toujours fermement les poignets. Lorsqu'il guida son membre en elle, elle hoqueta tandis que ses muscles intimes se détendaient pour l'accueillir de nouveau. Et quand il s'enfonça en elle, de plus en plus profondément, la sensation fut si intense, si fabuleuse, qu'elle l'accompagna d'une longue plainte.

Lâchant ses poignets, Dante la prit par les hanches et se mit à donner de vigoureux coups de reins. Un son guttural, mâle, franchit ses lèvres tandis qu'il instaurait un va-et-vient sauvage.

Agrippée à ses épaules, les jambes enroulées autour de ses hanches, elle haletait sans retenue, enfonçant les ongles dans sa chair.

Tandis qu'il accélérait le rythme et l'intensité de ses coups de reins, elle rapprocha les lèvres de son cou puissant. Elle le goûta, le lécha, lui mordilla la peau, jusqu'à ce que l'orgasme l'emporte d'un coup, avec la force d'une tornade. Elle eut l'impression qu'un barrage cédait et que des flots de volupté déferlaient en elle.

Elle feula, mais Dante continua son ensorcelant va-et-vient, prolongeant la jouissance, la faisant grimper encore plus haut.

Le plaisir était incroyable. Submergée par les sensations qui l'éblouissaient, elle hurla son prénom tandis qu'il lui offrait un nouvel orgasme encore plus fabuleux que le premier.

Quand elle redescendit sur terre, elle enfouit le visage dans son cou.

Il accéléra encore le rythme de ses coups de reins puis poussa une plainte rauque en lui murmurant à l'oreille des mots qu'elle ne comprit pas.

Son corps puissant trembla avant de s'immobiliser sur elle, Dante s'appuyant toujours sur les mains.

Ensuite, il y eut un long silence, troublé seulement par les bruits montant de la ville.

Jusqu'à ce qu'il se redresse légèrement pour la regarder.
Dans ses yeux, il y avait encore du désir et de la volupté, mais aussi de l'indignation.

— Qu'est-ce que tu m'as fait, Stella Montefiore ? lança-t-il d'un ton accusateur. Qu'est-ce que tu m'as fait, bon sang ?

6.

Dante sentait son cœur battre trop vite, trop fort.

Jamais encore il n'avait connu d'orgasme aussi intense, ni couché avec une femme aussi réactive. Aussi passionnée.

Qu'est-ce qu'il lui arrivait ?

Après avoir décidé de ne pas mêler le sexe à cette relation qui était déjà assez compliquée pour ne pas en rajouter, il n'avait pu résister à son désir pour cette femme. Il avait cédé au besoin d'ébranler la façade derrière laquelle elle se protégeait et de retrouver la passion avec laquelle elle l'avait chevauché cette nuit-là, à Monte-Carlo.

Mais dès que Stella avait posé les lèvres sur les siennes, il avait perdu tout contrôle, lui qui ne le perdait jamais. Enfin, pas de cette façon.

À présent, elle le dévisageait en silence, les yeux immenses, les joues roses. Elle le regardait d'un air émerveillé qui le ravissait malgré lui.

Disparue, la femme dure et froide qu'il avait eue en face de lui. Elle n'était plus qu'une amante conquise, avide de plaisir, qui le contemplait presque avec… Avec adoration ?

Mais l'émerveillement disparut progressivement tandis qu'elle méditait ses paroles.

— Je ne comprends pas ce que tu veux dire, riposta-t-elle, le regard dur.

La carapace était bel et bien remise en place.

Tant mieux, se convainquit-il. Même s'il ressentait une certaine déception. Ce qui était aussi incongru qu'absurde.

— Menteuse, répliqua-t-il d'une voix vibrant de colère contenue. Tu m'as provoqué dès l'instant où tu es arrivée ici.

— Ne me dis pas que cela t'a déplu ?

Toujours en elle, il ne pouvait s'empêcher de savourer la douceur du corps mince étendu sous lui. Et lorsqu'il sentit les muscles intimes se resserrer autour de son membre viril, l'effet fut immédiat.

Cependant, les ombres soulignant les yeux bleus étaient plus prononcées à présent, et un tremblement imperceptible agitait la belle bouche pulpeuse, remarqua-t-il avec un regain d'inquiétude.

Stella était non seulement inexpérimentée, mais enceinte. Et fragile. Or, il venait de la prendre sans ménagement sur la table de la terrasse…

Étant donné qu'ils se trouvaient au dernier étage, personne n'avait pu les voir, mais ils étaient tout de même dehors, et donc exposés. À quoi avait-il pensé, bon sang ?

Une sensation d'oppression lui étreignit la poitrine.

Depuis la mort de sa mère, il évitait de se préoccuper du bien-être de quiconque. Le sien seul importait. Et pourtant, depuis qu'il avait retrouvé Stella dans cet appartement sordide pour apprendre qu'elle portait son enfant, le besoin de s'assurer que tout aille bien pour elle passait avant toute autre considération, qu'il le veuille ou non.

— Je ne t'ai pas fait mal ? demanda-t-il en scrutant son regard.

Elle battit des cils avant de détourner les yeux.

— Non, tout va bien.

Nullement convaincu par sa réponse, il lui prit le menton et la força à tourner la tête vers lui pour voir son expression.

— Si je t'ai fait mal, il faut me le dire, trésor, insista-t-il. Parce que, crois-le ou non, c'est vraiment la dernière de mes intentions.

Il sentit sa mâchoire se raidir, comme si elle luttait contre le désir de dégager son menton.

— Je t'ai dit que tout allait bien, répliqua-t-elle sèchement. Et, non, tu ne m'as pas fait mal. OK ?

Ces paroles auraient dû le rassurer, mais il n'en fut rien. Stella lui en voulait. De quoi ?

Comprenant que mieux valait ne pas la bousculer pour l'instant, il se retira délicatement sans plus insister. Puis il céda à l'instinct qui avait pris possession de lui dès l'instant où il l'avait rencontrée, et il la tint serrée contre lui, se délectant de la chaleur de son corps mince.

Elle ne protesta pas, se contentant d'appuyer la joue contre sa poitrine et de se détendre contre lui, comme si elle lui faisait confiance.

Si c'était le cas, elle se méprenait sur son compte. Parce qu'il prenait soin d'elle uniquement pour le bien de son enfant. Pour aucune autre raison ! Pourquoi se serait-il soucié du bien-être d'une femme qu'il connaissait à peine !

Et pourtant, la façon dont Stella se blottissait dans ses bras provoquait en lui une satisfaction primaire, quasi animale. Un sentiment qu'il n'avait encore jamais ressenti et qui ne l'enchantait pas vraiment.

Sans doute s'agissait-il d'une nouvelle réaction purement biologique ?

Aussi l'ignora-t-il pour se diriger vers la salle de bains et entrer dans la cabine spacieuse, tenant toujours Stella dans ses bras.

Sous le jet puissant, elle garda le visage appuyé contre sa poitrine, les yeux fermés, complètement détendue.

L'instinct protecteur grandissait en lui de minute en minute, le surprenant par son intensité.

Il ne voulait pourtant pas se montrer protecteur et possessif avec Stella Montefiore !

Ni avec personne, d'ailleurs. C'était plus sûr, moins douloureux et assurément beaucoup moins compliqué. Il l'avait compris le jour où sa mère l'avait séparé de son grand frère qui l'aimait et le protégeait, le vouant à une insécurité permanente. Par la suite, elle avait refusé de l'écouter quand il la suppliait d'arrêter de boire. Elle semblait préférer l'alcool et la compagnie de l'amant violent qu'elle s'était dégotté.

Il avait essayé de la protéger, mais elle avait repoussé tous ses efforts. Quand il avait été enfin assez grand et costaud pour coller une raclée à ce salaud, il ne s'en était pas privé, croyant la protéger. Mais elle avait hurlé, l'accusant d'avoir blessé son pauvre Roberto, allant même jusqu'à menacer de le dénoncer à la police. Et à la fin, quand elle avait été agressée par son amant, elle avait dit que c'était sa faute à lui, Dante. Comme elle le lui avait répété au moment de sa mort.

Au fond, elle avait raison. C'était sa faute.

Se forçant à ne plus y penser, il prit le flacon de savon liquide et en appliqua sur la peau de Stella avant d'en enduire délicatement tout son corps.

Elle se laissait faire sans un mot, complètement détendue contre lui. Pour un peu, il aurait pu la croire endormie. Quand il entreprit de lui laver les cheveux, elle ne protesta pas davantage, se contentant de pousser un petit soupir sensuel tandis qu'il lui massait doucement le crâne.

Sa libido réagit au quart de tour, mais il n'en tint pas compte. Stella était épuisée, elle devait se reposer. Par conséquent, il la laisserait tranquille.

— Pourquoi es-tu aussi gentil avec moi ? murmura-t-elle enfin, quand il la souleva dans ses bras pour la ramener dans la chambre.

— Parce que tu es enceinte et fatiguée, et que tu as besoin qu'on s'occupe de toi.

— Non, je n'en ai pas besoin, répliqua-t-elle d'une voix à moitié endormie lorsqu'il l'étendit sur le vaste lit.

— Tu te trompes, Stella. Tu as besoin que quelqu'un veille sur toi parce que tu portes un enfant.

Il remonta avec précaution la couette légère sur elle, résistant à grand-peine au désir de s'allonger à côté d'elle et de serrer contre lui son corps nu pour la protéger jusque dans son sommeil.

Mais comme il se redressait pour s'éloigner, il sentit ses doigts fins agripper les siens.

Il s'immobilisa et la regarda, surpris.

— Qu'y a-t-il ?

Ses cheveux humides répandus sur l'oreiller comme un voile de soie dorée, Stella le dévisagea, les yeux immenses et sombres.

— Où vas-tu dormir ?

À vrai dire, il n'y avait pas réfléchi.

— Sur le sofa, je pense.

Une expression étrange traversa les traits fins tandis qu'elle resserrait les doigts autour des siens.

— Ne… Ne t'en va pas.

— Pourquoi ? demanda-t-il, stupéfait.

— Je…

Elle s'interrompit et détourna les yeux, mais sans lâcher sa main.

— Je… J'ai froid.

Il n'y crut pas une seconde, mais ces paroles firent frémir quelque chose dans sa poitrine.

Il devait refuser. S'éloigner de ce lit, sortir de cette chambre.

Mais, au lieu de s'en aller, il dégagea doucement sa main, souleva la couette et s'allongea à côté de Stella, avant de la faire tourner sur le flanc et de l'attirer contre lui, les petites fesses rondes et fermes se pressant contre son membre viril qui réagit instantanément.

Ce n'était pas vraiment dans ses habitudes de faire abstraction des exigences de sa libido, mais il ignora résolument les protestations de celle-ci lorsque Stella remua les hanches, augmentant encore la pression sur son érection.

Lorsqu'il posa d'instinct la main sur son ventre moelleux et doux – à cause du bébé, bien sûr. Pour le protéger –, elle posa sa main sur la sienne, soupira et se détendit.

Cependant, ce n'était pas au bébé qu'il pensait en écoutant la respiration de Stella devenir plus profonde et plus régulière, et en savourant la chaleur de son corps chaud abandonné contre lui.

Il ne pensait qu'à une chose : elle lui tenait toujours la main dans son sommeil. Comme si elle craignait qu'il ne s'en aille.

Stella fut réveillée par un rayon de soleil qui lui caressait le visage. Elle était étendue sur le dos au beau milieu d'un lit immense, complètement nue et seule.

Les souvenirs lui revinrent aussitôt : Dante la prenant sauvagement sur la table de la terrasse. Dante la contemplant d'un air furieux après leur incroyable étreinte. Dante la soulevant dans ses bras et l'emportant dans la salle de bains, lui passant délicatement du savon sur le corps puis lui lavant les cheveux. Avant de la coucher dans ce lit.

Elle revit l'expression de surprise qui avait empreint ses traits nobles quand elle lui avait saisi la main, le suppliant de rester auprès d'elle…

Horrifiée, elle roula sur le côté et enfouit le visage dans l'oreiller.

Qu'est-ce qu'il lui avait pris de laisser Dante la laver et la mettre au lit comme une enfant ? Et, pire encore, de lui demander de rester avec elle ? Pourquoi avait-elle fait une chose pareille ?

Après les deux orgasmes fabuleux qu'il lui avait offerts, elle avait été épuisée, c'est vrai. Elle avait perdu le peu de force qu'il lui restait. Et quand il l'avait soulevée dans ses bras et serrée contre lui, elle s'était sentie en sécurité, chérie.

Un sentiment aussi étrange que grisant.

Personne n'avait jamais pris soin d'elle. Ni sa mère, trop occupée à essayer de surveiller Matteo, ni son père qui n'avait que faire d'une fille. L'aîné, l'héritier, passait toujours en premier. Bien que traversée parfois d'un désir ardent que quelqu'un la prenne dans ses bras et lui dise qu'elle était aimée, elle n'avait jamais remis en question l'attitude de ses parents.

Ce besoin d'affection avait toujours représenté sa faiblesse. Son défaut. À cause d'elle, son frère avait été arrêté, sa mère en avait eu le cœur brisé, et son père était devenu encore plus froid et dur avec elle.

Elle avait cru avoir surmonté cette faiblesse, aussi ne comprenait-elle pas comment elle avait pu s'en remettre totalement à Dante la veille au soir. S'abandonner à sa chaleur et sa force viriles.

Pour sa défense, elle se dit qu'elle avait été submergée par l'alchimie qui avait vibré entre eux. Ou peut-être par son propre pouvoir sur Dante, par la façon dont elle avait réussi à transformer le play-boy sûr de lui en prédateur sauvage... Sans doute tous ces facteurs avaient-ils contribué à sa propre capitulation.

Mais cela ne se reproduirait plus jamais, décida-t-elle farouchement.

Elle ferma les yeux, pour ne pas penser aux longs doigts errant sur sa peau nue, à la sensation du membre puissant remuant en elle...

Non, ça ne devait se reproduire à aucun prix.

— Tu es réveillée ?

La voix profonde et sensuelle se répandit en elle, la fit

frémir au plus intime de son être. Elle remonta le drap jusqu'au menton tout en sachant que c'était ridicule, car quand Dante l'avait lavée sous la douche, il l'avait explorée partout, dans les endroits les plus secrets de son corps.

L'épaule appuyée au chambranle de la porte, les mains enfoncées dans les poches d'un élégant pantalon anthracite, il la contemplait, le regard indéchiffrable.

— Oui, dit-elle, distante. Cela se voit, non ?

Une lueur amusée éclaira les yeux sombres.

— Ne me fais pas le coup de la reine des Glaces, trésor. Pas après ce qu'il s'est passé hier soir.

Elle ne put s'empêcher de rougir.

— Tu veux quelque chose ? J'aimerais m'habiller.

La lueur amusée disparut.

— J'ai réfléchi à ce que nous allons faire, dit-il tranquillement

— Faire à propos de quoi ? demanda-t-elle avec effort.

— Tu sais très bien de quoi je parle.

— Du bébé, c'est cela ?

— Oui, de notre enfant, dit-il en s'écartant du chambranle.

Sa chemise bleu nuit déboutonnée à l'encolure dévoilait sa peau lisse et hâlée. La bouche sèche, elle repensa à la sensation éprouvée quand elle avait caressé le torse musclé et chaud, appuyé la joue sur sa poitrine et entendu battre son cœur.

— Ma famille s'est installée à Milan après avoir été chassée de Monte Santa Maria, reprit-il. Mais, comme tu le sais, ma mère a décidé un an plus tard d'aller vivre ailleurs. Elle m'a emmené, m'éloignant de tout ce qui m'était familier et m'entraînant dans une vie dépourvue de stabilité et de sécurité. En fait, la seule chose qu'elle avait en tête, c'était de boire et de fréquenter des hommes violents. Elle se fichait complètement de moi.

Il racontait cela d'un ton neutre, son regard ne trahissait aucune émotion.

— Ça a dû être horrible… Mais où est le rapport avec le bébé ?

Le regard de Dante s'assombrit.

— Je n'ai jamais fait ce qu'il fallait. J'ai toujours fui les responsabilités. Mais cette fois c'est impossible. Et je ne permettrai pas que mon enfant vive ce que j'ai vécu.

— Tu crois que je pourrais devenir comme ta mère ? demanda-t-elle en battant des cils, suffoquée.

— Je n'en sais rien.

Évidemment. Il n'avait pas confiance en elle.

— Non. Je ne deviendrai jamais comme elle, et je n'imposerai jamais à mon enfant ce qu'elle t'a…

— Tu as beau l'affirmer, je n'en ai pas la moindre garantie, l'interrompit-il d'une voix dure. Tu n'as nulle part où aller, hormis l'endroit sordide où je t'ai trouvée hier. Ou chez tes parents à Monte Santa Maria. Mais ne te fais pas d'illusion, tu ne retourneras ni dans cet appartement minable ni chez tes parents.

— Je peux…

— Ce qui me laisse une seule option, la coupa-t-il à nouveau.

Une crainte inexplicable s'infiltra en elle.

Elle n'avait pas réfléchi à ce qu'elle ferait ni à l'endroit où elle irait se réfugier après avoir achevé sa mission. Elle n'avait pas voulu y penser. Et elle ne voulait toujours pas y penser.

— Tu vas peut-être enfin m'expliquer quelle est cette option ? riposta-t-elle, furieuse.

— Notre enfant doit naître et grandir dans un endroit où il sera en sécurité. Il aura besoin de stabilité, déclara Dante avec assurance. Et de deux parents pour le protéger.

La crainte redoubla, se propagea partout en elle.

— Ce qui veut dire ?

— Que tu resteras avec moi, trésor…

Il s'interrompit, le regard rivé au sien.

— En tant que mon épouse.

Le choc fut si violent que, l'espace de quelques instants, l'esprit de Stella se vida complètement.

— Ton épouse ? répéta-t-elle, la voix rauque. Tu ne parles pas sérieusement !

— Je n'ai jamais été aussi sérieux de ma vie. Nous allons nous marier. Et je compte acheter une maison où nous vivrons ensemble tous les trois.

— Mais je…

— Il s'agira d'un mariage purement formel, poursuivit-il. Je ne te demanderai rien sur le plan sexuel. Je m'adresserai ailleurs.

Elle demeura silencieuse, sous le choc.

Un mariage purement formel. Avec l'homme dont elle était supposée se venger. Vivre en famille avec lui et leur enfant…

Son cœur s'emballa, et un espoir inouï l'envahit de combler le vide qui béait en elle. Mais elle chassa cette idée malvenue avant qu'elle s'incruste en elle.

Au lieu de rêver à des choses impossibles, pourquoi ne pas profiter de l'opportunité qui s'offrait à elle ? En acceptant sa proposition, elle pourrait briser Dante Cardinali et venger la mort de Matteo.

Alors qu'il était réputé pour son insouciance, son égoïsme, il assumait ses responsabilités paternelles. Il désirait offrir un foyer sûr au bébé qui allait naître, une famille. Elle ne se servirait jamais de leur enfant pour l'atteindre, mais peut-être pourrait-elle se servir d'elle-même ?

La veille au soir, sur la terrasse, elle avait eu un aperçu du pouvoir qu'elle détenait sur lui. Alors pourquoi ne pas exploiter cet atout ? Elle pourrait amener Dante à s'attacher à elle autant qu'il paraissait déjà attaché à son enfant. Ce qui prouvait qu'il était capable d'éprouver des sentiments. Elle pourrait s'arranger pour qu'il tombe amoureux d'elle…

Alors qu'elle avait tenté de le tuer ?

Difficile à savoir. Mais la passion qui existait entre eux constituerait une arme précieuse.

— Cette perspective te déplaît ?

La voix de Dante la fit presque sursauter.

— Quelle perspective ? demanda-t-elle, perdue.

— D'un mariage purement formel.

— Oh ! ça… Ça me paraît juste.

Dieu merci, sa voix n'avait pas tremblé.

— Juste ? C'est tout ce que tu trouves à dire ?

Il s'était attendu à ce qu'elle proteste, naturellement. À manifester au moins un peu de méfiance.

Sauf que, la veille, elle avait renoncé à toute prudence quand elle s'était abandonnée dans ses bras.

— Qu'est-ce que je pourrais dire d'autre, puisque tu as déjà pris ta décision ? répliqua-t-elle au bout de quelques instants.

Dante plissa les yeux.

— Si tu as quelque chose à dire, dis-le maintenant.

— Très bien. Si nous devons vraiment nous marier, je voudrais participer aux préparatifs, et donner mon avis quand il s'agira de choisir l'endroit où nous vivrons.

Il la fixa en silence, le regard si pénétrant qu'elle eut du mal à ne pas détourner les yeux.

— Tu le prends vraiment très bien, répondit-il enfin.

— Tu t'attendais à ce que je résiste ? À ce que je me batte avec toi ? répliqua-t-elle, se forçant à soutenir son regard. Je n'ai nulle part où aller, c'est vrai, et rester avec toi me paraît être la meilleure solution pour le bébé. Mais de là à nous marier… C'est un peu extrême, je trouve.

— Cela facilitera les choses au plan administratif, et notre enfant sera protégé de ta famille.

Elle tressaillit, choquée.

— De ma famille ?

— Ils t'ont envoyée me tuer, trésor, lui rappela-t-il en fronçant les sourcils. Par conséquent, je ne veux pas qu'ils approchent mon enfant.

Évidemment. La réaction de Dante était plus que compréhensible. Ses parents n'apprécieraient certes pas qu'elle soit enceinte de lui, et le manifesteraient d'une façon ou d'une autre. Son père serait horrifié. Il verrait dans sa grossesse une nouvelle preuve de sa faiblesse. Et quand il s'agissait de l'honneur des Montefiore, cet homme dur et intransigeant était capable de tout.

— Je vois, dit-elle d'un ton neutre.

— Je n'en doute pas, acquiesça-t-il en la regardant avec attention. Je te donnerai des précisions plus tard. En attendant, je vais te prendre un rendez-vous chez un médecin.

Un rendez-vous chez le médecin, une maison familiale, le mariage .

Le vide se creusait encore au fond d'elle, douloureux, abyssal. Mais elle n'y prêta pas attention.

Rien de tout cela n'arriverait. Elle allait rendre Dante Cardinali fou amoureux d'elle et lui laisser croire qu'elle partageait ses sentiments. Et quand il serait follement épris et profondément attaché à elle…

Le regard sombre, il scrutait son visage.

— Tu as autre chose à me dire ?

— Non, déclara-t-elle tranquillement, en le regardant droit dans les yeux.

Ce soir, décida-t-elle à cet instant. Elle mettrait son plan en œuvre dès ce soir.

7.

Installé sur le sofa, Dante examina de nouveau les photos affichées sur l'écran.

Il avait demandé à son assistante de repérer les propriétés susceptibles de convenir à son projet, et il avait passé quasiment toute la journée à sélectionner celles qui méritaient qu'il s'y intéresse de plus près.

Sans doute devrait-il demander à Stella ce qu'elle en pensait, mais il ne voulait pas perdre de temps. Il était impatient d'acheter la maison où ils élèveraient leur enfant de façon à ce qu'il ou elle commence sa vie dans les meilleures conditions.

Bien sûr, leur couple parental ne serait pas tout à fait conventionnel. Il avait jugé préférable d'envisager un mariage purement formel. Non seulement leur association ne reposait pas sur des sentiments profonds, mais il n'avait pas besoin de Stella pour assouvir ses besoins physiques. Il n'avait qu'à ouvrir son carnet d'adresses et passer un coup de fil.

Étrange tout de même qu'elle n'ait pas émis la moindre objection… Elle avait paru d'accord sur tout, ce qui, à bien y repenser, était totalement inattendu de la part d'une femme toujours prête à lui tenir tête.

Mais il refusait de s'appesantir sur la question. Elle avait donné son consentement, c'était tout ce dont il avait besoin.

De son côté, il avait du mal à se concentrer alors qu'elle se trouvait dans la pièce voisine, adossée aux oreillers, nue sous la couette à laquelle elle s'agrippait comme à une bouée de sauvetage.

Il fronça les sourcils, contemplant sans le voir l'écran de l'ordinateur portable.

Un mariage purement formel, était-ce vraiment raisonnable ?

Cela ne poserait aucun problème, se répéta-t-il, refoulant les visions torrides qui l'assaillaient. Il pouvait avoir toutes les femmes qu'il voulait, donc il n'avait pas besoin de Stella Montefiore en particulier. Pour que cet arrangement fonctionne, il devait se concentrer uniquement sur l'enfant, éliminer tout risque de complications.

Et si elle allait trouver son plaisir ailleurs ?

Eh bien, il n'y voyait aucun inconvénient. Tant qu'elle le ferait discrètement, cela ne le concernerait en rien.

Pourtant, il lui suffit d'imaginer Stella au lit avec un autre homme pour serrer les mâchoires et grincer des dents.

L'instinct possessif ressenti la veille refit surface, encore plus vivace, lorsqu'il se rappela la façon dont elle lui avait pris la main pour le retenir.

Comme si elle avait besoin de lui…

Une tension épouvantable le gagna, l'empêchant de respirer normalement.

Non, s'avoua-t-il, il ne supportait pas l'idée qu'elle couche avec un autre. Cette pensée lui était intolérable.

Entendant un léger bruit à l'autre extrémité de la pièce, il leva les yeux et vit Stella immobile sur le seuil.

Dans l'un des peignoirs blancs de l'hôtel, bien trop grand pour son corps menu, elle paraissait encore plus fragile. Ses cheveux blond doré tombaient sur ses épaules, légers et lisses, et elle le regardait d'un air hésitant.

Il fallait qu'il demande à son assistante de lui faire acheter une garde-robe complète, car elle ne possédait que les vêtements qu'elle portait quand il l'avait retrouvée à l'appartement – d'autant qu'il les avait rendus en partie inutilisables.

Lorsque leurs regards se croisèrent, l'éclat argenté frémit dans les beaux yeux bleus. Une expression étrange, inhabituelle, passa sur les traits délicats.

Avait-elle changé d'avis ? Avait-il commis une erreur en la laissant seule ?

Il ne l'avait pas revue depuis le matin, préférant lui laisser le temps d'assimiler tout ce qu'il lui avait dit, pendant qu'il examinait de son côté les différentes propriétés repérées par son assistante.

Il reposa l'ordinateur sur la table basse et la regarda avec attention.

— Bonsoir, trésor. Quelque chose ne va pas ?

— Non, non, tout va bien. C'est juste que… Je me demandais ce que tu avais prévu pour le dîner.

Après avoir détourné brièvement les yeux, elle soutint à nouveau son regard, l'air cette fois intimidé.

— Ah ! fit-il en appuyant les mains sur le sofa, prêt à se lever pour aller vers elle. Nous…

— Non, ne te lève pas, l'interrompit-elle à la hâte.

Elle s'avança et baissa les yeux sur la table basse.

— C'est le menu ? Je vais m'asseoir à côté de toi pour y jeter un coup d'œil.

De plus en plus surpris, il la regarda contourner la table pour venir s'asseoir sur le sofa.

— Tu permets ? demanda-t-elle sans le regarder, en saisissant le menu pour le parcourir.

Elle était toute proche de lui, sa cuisse frôlait la sienne, les pans du peignoir s'étaient écartés, laissant entrevoir sa gorge à la peau laiteuse…

De toute évidence, elle était nue sous le coton blanc.

Le désir monta en lui, dense, impérieux. Il brûlait de dénouer la ceinture de son peignoir, de dévoiler ses courbes soyeuses, de la dénuder entièrement. Son corps exsudait un parfum de lavande et de miel, celui du savon qu'il utilisait lui-même. Un effluve frais auquel se mêlait une senteur plus féminine, excitante…

Pensait-il vraiment pouvoir se contenter d'un mariage formel ?

Sant'Iddio ! Il n'avait pas imaginé que ce serait aussi difficile. Il s'était dit que, sans doute, le désir se serait éteint après leur étreinte sauvage. Ça aurait dû être le cas. Alors, pourquoi la simple proximité de Stella vêtue en tout et pour tout d'un peignoir lui faisait-elle un tel effet ?

Il avait pris sa décision en songeant à l'enfant : celui-ci était bien plus important que le sexe. Comme il était déjà conçu, il n'avait pas besoin de coucher à nouveau avec sa mère. Donc, il ne le ferait pas. C'était aussi simple que cela.

Sauf que, lorsque Stella entrouvrit légèrement les lèvres et plongea son regard bleu dans le sien, un mauvais pressentiment le traversa.

L'expression de son visage lui rappelait ce qu'il s'était passé ce soir-là au club de Monte-Carlo. Quand elle s'était livrée à une entreprise de séduction en règle, avant de le droguer et de le ligoter sur un lit.

Une alarme se déclencha dans son cerveau.

Stella avait une main dans la poche du peignoir et le bras crispé, remarqua-t-il. En fait, elle était crispée de la tête aux pieds. Et au fond de ses yeux il discernait une émotion qui n'avait rien de sexuel.

De la peur.

— Stella, commença-t-il lentement, je te l'ai déjà dit et je te le répète : tu ne vas pas me tuer. Tu ne l'as pas fait à Monte-Carlo, et tu ne le feras pas davantage maintenant.

Elle le dévisagea en battant des cils, l'air choqué.

— Pardon ? Je ne sais pas de…

Sans lui laisser le temps de poursuivre, il saisit la main

enfoncée dans la poche du peignoir. Stella résista, mais il était plus fort qu'elle.

Il contempla la main fine. Et vide. Elle ne dissimulait ni couteau ni revolver.

Un immense soulagement l'envahit. Pas pour lui-même, mais pour elle. Il avait beau savoir qu'elle serait incapable de le tuer, il n'était pas certain qu'elle ne fasse pas une nouvelle tentative.

— Tu as pensé que je venais te tuer..., murmura-t-elle.

— Non, j'ai pensé que tu pourrais *essayer* de le faire, rectifia-t-il en la regardant dans les yeux. Mais je n'ai jamais pensé que tu irais jusqu'au bout. Et je ne le pense toujours pas.

La main de Stella trembla dans la sienne.

— Qu'est-ce que tu aurais fait si j'avais vraiment eu un couteau ?

— Rien, puisque tu ne t'en serais pas servie, reprit-il calmement.

Il vit des émotions contradictoires se succéder sur les traits fins.

— Tu n'en sais rien, répliqua-t-elle d'une voix rauque. Tu as pensé que je... j'essaierais de te tuer.

Dans les yeux bleus, il y avait de la tristesse. Cela aurait dû lui être indifférent. Pourtant, le fait de l'avoir blessée le dérangea.

Il fouilla le regard rivé au sien.

De toute évidence, elle était venue avec une intention précise mais, puisqu'elle n'avait pas d'arme, ce n'était pas pour lui faire du mal.

Alors, pourquoi avait-elle peur ? Craignait-elle de passer à l'acte si elle disposait d'une arme ?

Cette pensée lui déplut.

Il n'y avait qu'un moyen d'en avoir le cœur net.

Lui lâchant la main, il se leva, se dirigea vers le bureau en acajou adossé au mur opposé et ouvrit l'un des tiroirs.

— Dante ? demanda Stella dans son dos.

Sans répondre, il prit le coupe-papier ancien à la pointe acérée et revint vers le sofa.

Elle le regarda se rapprocher, les yeux écarquillés, l'air terrifié.

— Qu'est-ce que tu fais ? murmura-t-elle dans un souffle.

Se rasseyant à côté d'elle, il lui prit le poignet, lui fourra le coupe-papier dans la main, puis referma les doigts fins autour du manche.

À présent, une véritable panique se lisait dans les yeux de Stella.

Il sentit sa poitrine se serrer, en même temps qu'une profonde tristesse l'envahissait : Oui, la peur de Stella était révélatrice du tourment qui l'agitait.

— Non, chuchota-t-elle. Ne…

Le regard rivé au sien, il défit lentement les boutons de sa propre chemise et en écarta les pans. Puis il lui prit la main et appuya la pointe du coupe-papier sur sa poitrine.

— Mon cœur est là, trésor.

Le souffle précipité de Stella résonna dans le silence tandis qu'elle le dévisageait, pétrifiée.

— Pourquoi fais-tu cela ? murmura-t-elle.

— Parce que tu as peur, répondit-il doucement. Et que je veux savoir pourquoi.

De sa main libre, il lui effleura la joue du bout des doigts. Dans l'autre, il sentit la sienne trembler.

— Tu ne devrais pas faire cela.

— Pourquoi ?

— Je pourrais… te blesser.

— Non, tu n'en feras rien. Si je t'en croyais capable, je ne t'aurais pas confié une arme.

— Mais *j'allais* te faire du mal. C'est pour cela que je suis venue.

Il caressa les lèvres pulpeuses sous son pouce.

— Comment comptais-tu t'y prendre ?

Le visage de Stella s'empourpra.

— J'avais l'intention de te séduire. De faire en sorte que tu t'attaches à moi, que tu tombes amoureux de moi. Et ensuite, je serais partie.

Face à une telle naïveté, il aurait pu sourire, mais ça aurait été cruel. Or, il n'y avait pas une once de cruauté en lui.

— C'est impossible, dit-il lentement en voyant les yeux de Stella s'embuer. Tu ne peux pas me forcer à quoi que ce soit. Et je suis réputé pour ne pas m'attacher à quiconque. Mais j'aimerais vraiment savoir pourquoi tu es aussi déterminée à poursuivre ton sinistre projet.

— Mon frère…

— Je sais pourquoi ta famille souhaite ma mort, l'interrompit-il. En revanche, je me demande pourquoi tu tiens autant à assumer cette tâche absurde. D'autant plus que tu ne le désires pas, c'est évident.

— Je *dois* le faire, dit-elle, l'air soudain paniqué. Tu ne peux pas comprendre.

— Explique-moi.

Elle ferma brièvement les yeux et inspira à fond.

— Mon frère est mort à cause de moi. Par ma faute. Je l'ai trahi. Alors, je dois venger sa mort. Pour ma famille et pour la mémoire de Matteo. Pour une fois, je ne dois pas…

Sa voix se brisa.

— Je ne dois pas… quoi ? fit-il en lui caressant la joue.

— Être faible, murmura-t-elle.

— « Faible » ? répéta-t-il en fronçant les sourcils. Pourquoi serais-tu faible ?

— J'ai dit à mon père que j'étais assez forte, qu'il n'avait pas besoin de faire appel à quelqu'un d'extérieur à la famille. Et que ça devait être moi, puisque je suis responsable de l'arrestation de Matteo. Je lui ai promis que je ne le décevrais plus jamais, mais…

La pointe du coupe-papier s'enfonça légèrement dans sa chair. Il ressentit une minuscule douleur.

Une expression horrifiée envahit les traits de Stella, qui poussa un petit cri et lâcha le coupe-papier comme s'il l'avait brûlée.

Baissant les yeux, il vit du sang s'écouler de la petite blessure.

— Ce n'est qu'une égratignure, dit-il d'un ton désinvolte.

Mais quand il tendit les mains vers Stella, elle se leva, tremblant de la tête aux pieds.

— Je ne l'ai pas fait exprès, mais de toute façon je ne peux pas, dit-elle d'une voix rauque. Je pensais en être capable, mais je ne peux pas. Je ne peux pas !

Dante se leva à son tour et prit dans les siennes ses mains glacées.

— Calme-toi, trésor. Tout va bien.

Elle le regarda, l'air si vulnérable qu'il tressaillit.

— J'aurais dû avoir la force de le faire, mais je n'ai pas pu. Mon père avait raison. Il a toujours eu raison. Je suis faible, Dante. Je suis nulle. *Complètement* nulle.

Stella avait froid partout. Elle avait l'impression qu'elle ne pourrait jamais plus se réchauffer. Si les mains chaudes de Dante avaient lâché les siennes, elle serait morte de froid.

Pourtant, elle aurait dû se dégager, se ressaisir après ce nouvel échec lamentable. Mais le vide béait en elle, la clouant sur place.

Elle n'était qu'une incapable. Elle ratait tout ce qu'elle entreprenait. Elle n'y pouvait rien, c'était incurable. Son père avait vu clair en elle. Après avoir été incapable d'appuyer sur la détente, elle n'avait même pas pu séduire Dante.

Et elle lui avait tout avoué ! Parce qu'elle n'avait pas pu

supporter qu'il la soupçonne de dissimuler une arme dans sa poche.

Peu importe qu'il ait été certain qu'elle ne s'en servirait pas. Il avait réellement cru qu'elle était venue pour tenter à nouveau de le tuer, et cette pensée la terrifiait.

En plus, il lui avait donné l'opportunité de passer à l'acte ! Il lui avait glissé le coupe-papier dans la main et en avait appuyé la pointe sur sa poitrine. Sans détacher un instant le regard du sien et la contemplant de cet air compréhensif qui l'avait bouleversée.

Dante Cardinali, l'individu qu'elle aurait dû éliminer pour venger la mort de Matteo, était devenu pour elle un être humain, une vraie personne. Elle n'avait pas pu enfoncer la pointe dans sa poitrine offerte, tout comme elle avait été incapable de tirer sur lui dans la chambre d'hôtel de Monte-Carlo.

Pour des raisons purement égoïstes, elle n'avait pu supporter l'idée de lui faire du mal.

— Ne pas avoir la force de faire du mal à quelqu'un, ce n'est pas une preuve de faiblesse, déclara soudain Dante, comme s'il lisait dans ses pensées. Qui t'a raconté cela ?

La vue du sang lui donnait la nausée.

— Tu saignes, dit-elle en essayant de dégager ses mains. Je vais nettoyer la plaie. Il faudra peut-être te recoudre.

Il resserra les doigts autour des siens.

— Ce n'est rien du tout. Et je *veux* savoir pourquoi tu te crois faible.

La sensation de nausée s'accentua.

— Laisse-moi faire, s'il te plaît. La lame du coupe-papier est très fine, très pointue. Elle aurait pu…

Dante laissa échapper un soupir impatient. Lui lâchant les mains, il se débarrassa de sa chemise, la roula en boule et s'en servit pour essuyer le sang.

La minuscule blessure cessa aussitôt de saigner.

— Voilà, dit-il. Tu es satisfaite ?

Non !

Elle ne put s'empêcher de poser la main sur sa poitrine, à côté de la blessure, pour s'assurer qu'il respirait, que son cœur battait normalement.

Le torse musclé était brûlant. Il y avait une telle force sous la peau lisse et brunie par le soleil. Une telle puissance. Une telle énergie.

Avait-elle vraiment pensé pouvoir l'en priver ? Ou le faire tomber amoureux d'elle ?

Elle avait fait preuve d'une naïveté insensée. Elle s'était crue assez dure et froide pour mettre son plan à exécution, alors qu'elle n'avait songé en réalité qu'à son besoin de se racheter auprès de son père. Et pas un seul instant elle n'avait pensé à l'enfant qu'elle portait.

Elle appuya la paume sur le torse chaud et ferme de Dante comme pour absorber un peu de sa force et battit des cils pour refouler les larmes qui se pressaient sous ses paupières.

— Parle-moi, trésor.

Mais elle n'avait pas envie de parler, pas maintenant. Elle se contenta de secouer la tête, avant de se pencher pour embrasser tout doucement la petite blessure.

La peau de Dante lui brûla les lèvres, la faisant frémir. Elle laissa glisser sa bouche un peu plus loin pour le goûter.

Complètement immobile, il la laissa faire, puis il lui caressa les cheveux, et ses doigts se resserrèrent sur sa nuque.

— Je ne suis pas sûr que ce soit une bonne idée.

Oh non, il n'allait pas la repousser !

— S'il te plaît, murmura-t-elle contre sa peau. J'en ai besoin. J'ai besoin de toi.

— Stella…

Sans l'écouter, elle fit remonter ses lèvres, lui embrassa la gorge, le cou. Mais cela ne suffisait pas. Elle voulait davantage. Elle voulait sentir sa peau nue contre la sienne, se réchauffer à sa merveilleuse chaleur. Oublier le froid qui s'était installé en elle le jour où son frère avait été emmené par les policiers.

Lorsque Dante la força doucement à redresser la tête, elle l'implora du regard.

— S'il te plaît, répéta-t-elle. J'ai *besoin* de toi.

Le bel éclat doré scintilla dans les yeux sombres. Sans dire un mot, il la souleva. Il l'installa à califourchon sur lui, dénoua la ceinture du peignoir avant d'en écarter les pans et de le faire glisser de ses épaules.

Incapable d'attendre plus longtemps, elle se pressa contre lui tandis qu'il refermait ses bras sur elle.

Un son rauque franchit ses lèvres quand, l'ayant étendue sur les coussins, il s'allongea sur elle, l'emprisonnant sous son corps puissant et chaud.

Elle adorait. Elle se sentait en sécurité, protégée.

Mais Dante n'avait pas l'intention d'en rester là.

Il se souleva et, le temps de se débarrasser de son pantalon et de son caleçon et de les envoyer valser sur le tapis, il s'installait entre ses cuisses.

Il la pénétra en même temps qu'il penchait la tête pour prendre sa bouche.

Elle s'agrippa à ses épaules, répondant à son baiser avec fièvre, mais il continua de l'embrasser avec douceur, en la caressant lentement comme pour la calmer, la rassurer. Il passa les mains sous ses hanches et instaura un fabuleux va-et-vient qui la fit gémir contre sa bouche. Un instant, il s'immobilisa, enfoui en elle, avant de se remettre à bouger lentement, la libérant peu à peu d'une tension dont elle n'avait pas eu conscience.

Elle sentit une émotion inconnue l'envahir, si intense que, cette fois, elle ne put retenir ses larmes.

Puis il se retira, avant de donner un nouveau coup de reins, plus vigoureux, qui lui arracha un sanglot.

Elle ne voulait pas pleurer, pas devant Dante. Pas alors qu'il était en elle. Mais il ne manifesta ni surprise ni agacement. Sans dire un mot, il essuya les larmes avec ses lèvres en la serrant contre lui.

Peu à peu, le plaisir se déployait en elle, dans tout son corps, telle une spirale de feu. Elle ne pleurait plus. Les yeux rivés à ceux de Dante, elle se noyait dans leurs profondeurs dorées.

Quand la déflagration de la jouissance se répandit en elle, un halètement lui échappa. C'était trop puissant, trop fort. Éblouie, elle eut l'impression de se consumer. Elle *désira* se consumer, être réduite en cendres. Elle cria le nom de Dante, et il la tint serrée contre lui tandis qu'elle se désintégrait dans ses bras, avant de la suivre dans l'extase.

Elle aurait voulu ne jamais rouvrir les yeux. Elle n'avait qu'une envie, rester là, sous le corps musclé, pour toujours.

Dante se retirait déjà d'elle, la faisant tressaillir douloureusement. Mais au lieu de la quitter comme elle le craignait, il se redressa sur le canapé et s'assit en l'installant sur ses genoux.

— Bon, dit-il d'une voix ferme. Et maintenant, tu vas m'expliquer pourquoi tu te crois coupable de la mort de ton frère.

Le visage enfoui dans le creux de son épaule, elle déglutit. Elle ne voulait pas en parler. Mais elle lui devait des explications.

— C'est une longue histoire.

— J'ai tout mon temps, répliqua-t-il tranquillement.

— Mon frère est mort en prison, commença-t-elle au bout de quelques instants. Il a été poignardé au cours d'une rixe entre détenus quelques années après son incarcération.

— Oui, je sais. Je l'ai lu dans ton dossier.

— Ce que tu ne sais pas, c'est que je suis responsable de son arrestation.

— Tu peux t'expliquer ?

Elle détestait repenser à cet épisode horrible. Encore plus en parler. Mais elle se força à tout raconter à Dante.

— Mon père et Matteo complotaient pour faire revenir ton père sur le trône, et la police a eu vent de leurs machinations. Quelqu'un a averti mon père de l'arrivée de la police, si bien que lui et Matteo ont réussi à s'enfuir. Il n'y avait que ma mère et moi à la maison, et ils… ils l'ont interrogée.

Un frisson glacé la parcourut au souvenir des sanglots de sa mère.

— Elle était fragile, et les policiers ne l'ont pas ménagée. Elle s'est mise à pleurer. J'avais peur pour elle. Peur qu'ils lui fassent du mal. Mon père m'avait interdit de dire quoi que ce soit aux policiers, mais je… je n'ai pas pu me taire. Je l'avais vu se diriger avec Matteo vers les grottes, à côté de la plage, pas loin de la maison, alors je… je le leur ai dit. Pour qu'ils laissent ma mère tranquille.

— Bien sûr, acquiesça Dante avec calme. Tu l'as fait pour la protéger.

— Non, j'ai eu tort, insista-t-elle avec désespoir. Mon père m'avait répété que je ne devais *rien* dire à la police. Il m'avait fait promettre de ne répondre à aucune de leurs questions. Parce que Matteo était le membre de la famille le plus important et qu'il fallait le protéger à tout prix. Mais ils malmenaient ma mère, et j'avais trop peur. Et j'ai pensé que Matteo réussirait à s'enfuir…

Elle s'interrompit, submergée par la honte et la culpabilité.

— Stella ? fit doucement Dante.

— Je voulais qu'ils m'aiment, mon père et ma mère. Qu'ils me protègent. Mais ils n'aimaient que Matteo. Alors, il y avait une part de moi qui désirait qu'il…

— Qu'il disparaisse, acheva Dante avec la même douceur.

Une douleur aiguë lui traversa la poitrine, si intense qu'elle ferma les yeux.

— Ils l'ont retrouvé et arrêté. Et mon père a été fou furieux contre moi. Il savait pourquoi j'avais trahi mon frère, bien sûr. Il m'a accusée d'être faible, il m'a dit que si j'avais vraiment voulu être digne de son amour, j'aurais dû faire mon devoir envers ma famille et ne pas dire un mot.

Elle déglutit avec peine avant de poursuivre.

— Et lorsque Matteo est mort, mon père m'a dit que c'était ma faute. Mais comme il ne pouvait pas se venger sur moi, il a décidé de s'en prendre aux Cardinali, à toi, et j'ai proposé de m'en charger.

Se penchant vers le peignoir tombé sur le tapis, Dante le ramassa et lui en enveloppa les épaules.

— Pour te faire pardonner ?

— Oui. Et pour lui prouver que j'étais forte. Et digne de son amour.

Une larme glissa sur sa joue.

— Je porte une tare, Dante. Et je suis coupable d'avoir causé la mort de mon frère.

— Tu n'es coupable de rien du tout, décréta Dante en lui soulevant le menton pour lever son visage vers le sien. C'est lui qui avait choisi de comploter contre le gouvernement, pas toi. Sinon, la police ne l'aurait pas recherché, et tu ne te serais pas retrouvée dans cette situation.

— Mais…

— Quant à ton désir d'être aimée par ton père, ce n'est ni une faiblesse ni une tare. C'est un besoin humain élémentaire.

Une lueur dure traversa les yeux de Dante.

— Ma mère me préférait l'alcool, même si j'ai tout fait pour l'aider à cesser de boire. Alors, je sais ce que c'est que de désirer obtenir quelque chose d'un être qui ne vous le donnera jamais.

— Oui, mais tu n'as pas essayé de tuer quelqu'un pour y parvenir.

— Non, c'est vrai. Je me suis contenté de partir, répliqua-t-il avec une pointe d'amertume dans la voix. Et elle, elle est morte.

Stella le dévisagea un instant en silence.

— Que s'est-il passé ?

Il secoua la tête.

— Il ne s'agit pas de moi, mais de toi. Tu ne portes aucune tare, Stella. Et tu n'es pas faible, au contraire. Il faut beaucoup de force pour persévérer dans une voie que l'on sait mauvaise, autant qu'il en faut pour ne pas le faire.

— Que veux-tu dire ?

— Que tu étais déterminée à aller jusqu'au bout de ta mission vengeresse mais que, en même temps, tu ne pouvais pas le faire.

— Oui. J'ai échoué.

— Dans un sens, oui. Mais ce n'est pas de la faiblesse. Au contraire. C'est de la force. La vraie, celle qui consiste à résister à une injonction intérieure dont tu sais au fond qu'elle n'est pas juste.

Elle n'était pas convaincue que Dante ait raison, mais elle n'avait pas le courage de discuter.

— Tu as toujours su que je ne le ferais pas, répliqua-t-elle. Déjà à Monte-Carlo. Pourquoi ?

L'ombre d'un sourire passa sur les lèvres de Dante.

— Je te l'ai dit : j'ai vu ton âme, cette nuit-là. Et ce n'était pas celle d'une meurtrière. C'était celle d'une femme éperdue de bonheur.

Elle sentit son cœur s'emballer.

Elle ne voyait plus que la belle bouche sensuelle de Dante. La délicieuse chaleur se répandait entre ses cuisses, l'empêchant de se concentrer sur quoi que ce soit d'autre.

— Tu as dit que notre mariage serait purement formel…

Il sourit franchement.

— Oui. Et alors ?

— Je… Est-ce que c'est déjà valable, là, maintenant ?

— Non, puisque nous ne sommes pas encore mariés.

— Parfait, répliqua-t-elle en glissant les doigts dans ses épais cheveux soyeux. Parce que tu sais de quoi j'ai éperdument envie ?

L'éclat doré incendia les yeux sombres.

— Dis-le-moi, trésor.

— De toi, répondit-elle d'une voix rauque. J'ai éperdument envie de toi.

Sur ces mots, elle attira son visage vers le sien et recommença à l'embrasser.

8.

La gynécologue ayant demandé à s'entretenir seule à seule avec Stella, Dante était resté dans la salle d'attente de la clinique réputée où il avait pris rendez-vous pour elle.

Il commençait à trouver le temps long.

Non seulement l'inaction n'avait jamais été son fort, mais il ne pouvait pas s'empêcher de s'interroger sur sa propre attitude. Notamment sur le fait que, depuis l'épisode du coupe-papier, il continuait de coucher avec Stella.

Mais puisqu'elle le désirait autant que lui, pourquoi pas ? Mieux valait vivre à fond leur désir à présent parce que, après le mariage, il ne serait plus question de sexe entre eux.

Il retint un juron et s'interdit de se demander une fois de plus si c'était vraiment réaliste d'envisager un mariage blanc. Il avait tort de se poser ces questions ridicules. Il devrait plutôt se concentrer sur sa conversation récente avec Stella à propos de l'endroit où ils s'installeraient.

D'un accord tacite, ils évitaient désormais tous les sujets personnels, se limitant aux discussions concernant la vie matérielle. La garde-robe de Stella, leur futur domicile. Leur enfant serait italien, et ils vivraient forcément en Italie, mais ils n'arrivaient toujours pas à s'entendre sur la localisation : Stella préférait la campagne, lui la ville.

Ils avaient fini par trouver un compromis et choisi deux biens à visiter parmi ceux qu'il avait retenus : un *palazzo* situé à proximité de Milan, et un vaste appartement avec terrasse à Milan même.

Il finirait sans doute par acheter les deux – il lui faudrait en effet un endroit privé, notamment pour recevoir ses maîtresses –, mais il se refusait à aborder le sujet avec Stella pour l'instant.

Et ce parce qu'il se trouvait en proie à un curieux dilemme : la perspective de coucher avec d'autres femmes ne l'enthousiasmait pas.

Il ne savait trop qu'en penser. Mais il tenait à ce que, une fois mariés, ils renoncent à tout rapport intime – sans qu'il se contraigne pour autant à l'abstinence, évidemment. Ça, c'était hors de question.

Et s'il continuait de coucher avec son épouse ?

Sa libido réagit aussitôt sans la moindre ambiguïté, mais il pressentait que ce ne serait pas une bonne idée. Les rapports physiques qu'il entretenait avec Stella étaient trop intenses, trop… intimes.

Est-ce qu'elle ne commencerait pas à compter un peu trop pour lui ?

Il se leva et se mit à arpenter nerveusement la salle d'attente, lorsque son smartphone vibra dans sa poche. Ravi d'avoir une diversion, il le sortit rapidement de sa poche, avant de déchanter en lisant le SMS envoyé par Enzo :

> Matilda m'a dit que tu lui avais posé des questions sur la grossesse. Que se passe-t-il ?

Il poussa un soupir.

Qu'allait-il bien pouvoir raconter à son frère ?

Enzo trouverait très amusant d'apprendre que son play-boy de frère avait fini par être coincé et obligé de se ranger. Mais s'il découvrait que la femme enceinte de lui avait essayé de le tuer, il risquerait de faire un infarctus. Conclusion, mieux valait ne rien lui dire avant que Stella soit sa femme.

Après avoir contemplé le petit écran quelques instants, il répondit rapidement.

Les habituels aléas de la vie privée. Cela ne t'intéresserait pas. Et le problème est réglé, de toute façon.

Cela devrait suffire à décourager Enzo.

Contre toute attente, celui-ci renvoya aussitôt un autre SMS.

Ne me dis pas qu'il s'agit d'une histoire d'amour ?

Cette fois, Dante poussa un juron haut et fort.

Pourquoi son frère s'intéressait-il subitement à sa vie privée, alors qu'il ne s'en mêlait jamais d'habitude ?

Tu veux vraiment que j'entre dans des détails fastidieux ? Tu ne préfères pas que j'avance sur le projet de com concernant les nouveaux bureaux ?

Pas de réaction. Puis :

Très juste.

Cela aurait dû satisfaire Dante qu'Enzo laisse tomber. Mais non. C'était comme s'il regrettait de ne pas pouvoir discuter de la situation avec lui. Alors que, encore deux semaines plus tôt, il aurait préféré mourir plutôt que de se confier à Enzo.

Qu'il le veuille ou non, tout avait changé. Il allait être père. Il voulait pour son fils ou sa fille une enfance différente de celle qu'il avait eue. Une enfance où celui-ci serait en sécurité, protégé et choyé.

Et aimé.

Une douleur atroce lui transperça la poitrine, en plein cœur.

— Vous pouvez venir pour l'échographie, monsieur Cardinali.

Il aurait embrassé la gynécologue !

Dans le cabinet, Stella était installée sur la table d'examen, vêtue d'une chemise d'hôpital blanche. Elle avait les joues très pâles, et il vit une lueur craintive couver au fond de ses yeux.

Pas étonnant qu'elle ait peur. Lui-même n'était pas totalement serein.

Ils allaient apercevoir le petit être qu'ils avaient conçu ensemble…

Traversant la pièce, il s'arrêta à côté de la table d'examen et prit la main de Stella.

Ses doigts étaient glacés.

Il les serra entre les siens pour les réchauffer.

— Tu n'as pas à avoir peur, tu sais ? murmura-t-il.

— Je n'ai pas peur, répliqua-t-elle sans le regarder.

— Ne me raconte pas d'histoires, trésor.

Elle rosit et garda résolument les yeux tournés vers le mur, mais elle ne tenta pas de dégager sa main.

— Notre bébé va bien, poursuivit-il doucement. Et je suis là.

Toujours sans le regarder, elle resserra les doigts autour des siens, comme pour lui montrer qu'elle acceptait son réconfort.

Ce petit geste anodin en apparence lui fit néanmoins un bien fou. Peut-être parce qu'il était content de servir à quelque chose.

Stella se croyait faible, mais elle se trompait. Elle possédait une grande force. Mais qu'elle en soit consciente ou non, à cet instant, elle avait besoin de lui.

Cela faisait très longtemps que personne n'avait eu besoin de lui. À supposer que quelqu'un ait jamais eu besoin de lui.

Pas sa mère en tout cas, même si elle affirmait le contraire.

Mais ce n'était pas le moment de penser à elle, d'autant que la gynécologue venait de s'asseoir de l'autre côté de la table d'examen et enduisait de gel le ventre de Stella, tout en lui disant d'une voix rassurante que tout allait bien et qu'elle n'avait aucune raison de s'inquiéter.

Au moment où elle posa la sonde sur le ventre luisant, il sentit sa gorge se nouer.

La gynécologue commença à promener la sonde, tandis que leurs trois regards étaient fixés sur l'écran.

— Ah ! dit-elle enfin en souriant. Voici votre bébé.

Lorsque des battements de cœur rapides et réguliers résonnèrent dans la petite pièce, il croisa le regard de Stella et fut frappé une fois de plus par leur teinte bleu argenté.

Cette fois, elle le regardait droit dans les yeux, et il voyait dans les siens le reflet de ses propres pensées : ils n'avaient pas conçu délibérément cet enfant. Ils ne l'avaient pas désiré. Mais, à présent qu'il était là, ils feraient tout pour ce petit être qu'ils avaient créé ensemble.

— Vous voulez bien nous laisser seuls un instant ? demanda-t-il sans détacher le regard de celui de Stella, quand la gynécologue eut pris les mesures et les clichés qu'elle souhaitait.

— Bien sûr, répondit celle-ci en confiant à Stella la sonde posée sur son ventre. Prenez votre temps.

Après que la porte se fut refermée sans bruit derrière elle, ils restèrent tous les deux silencieux, le son des battements du cœur du bébé continuant d'emplir la pièce.

— J'ai décidé quelque chose, dit Stella au bout d'un moment. Si c'est un garçon, je voudrais l'appeler Matteo. En souvenir de mon frère.

Il y avait de la tristesse et de la souffrance dans ses yeux, mais aussi de la fierté et une détermination farouche.

Quelque chose frémit dans la poitrine de Dante.

— Oui, acquiesça-t-il. Matteo Cardinali, ça sonne bien.

— Et toi ? demanda-t-elle en resserrant de nouveau les doigts autour des siens. Tu n'as personne dont tu aimerais honorer le souvenir ?

Non, personne. Aucune femme, en tout cas. De toute

façon, une seule femme avait compté dans sa vie : Sofia, sa mère, aussi ravissante que manipulatrice.

Pourquoi pas, au fond ? Tant d'années avaient passé. Il avait fait son deuil et avancé.

Certes, il avait avancé. Mais il ne voulait pas que cette vie minuscule porte le poids d'une telle histoire dès sa naissance.

À moins que ce refus ne soit provoqué par la colère qu'il nourrissait toujours envers Sofia ?

Non, il n'était plus en colère. Il avait compris qu'il ne pouvait rien faire pour elle, et il était parti. Et quand elle était morte, il l'avait pleurée. Mais c'était elle qui avait choisi la voie qui l'avait conduite à sa perte. Il avait essayé de l'en détourner, de l'empêcher de boire, de la convaincre de ne plus fréquenter Roberto, mais elle ne l'avait pas écouté. À la veille de son seizième anniversaire, elle lui avait dit que, s'il n'était pas content, il n'avait qu'à s'en aller.

Il l'avait prise au mot, persuadé qu'elle regretterait de l'avoir laissé partir. Qu'elle tenterait de le ramener à elle ou qu'elle chercherait au moins à prendre contact avec lui. Mais elle ne s'était jamais manifestée. Et quand il l'avait revue, elle était hospitalisée pour un traumatisme crânien, et elle ne s'était jamais réveillée de son coma.

Il ne comptait pas pour elle. Il l'avait toujours su.

La rage rejaillit en lui, surgissant de nulle part, mais il la refoula, comme d'habitude. Parce que, s'il avait reconnu que la colère n'avait pas disparu, ça aurait été reconnaître en même temps la souffrance d'autrefois.

— Non, dit-il. Il n'y a aucun membre de ma famille dont je veuille honorer le souvenir. Je préférerais en outre que le prénom de notre enfant ne soit pas associé à ce genre de passé.

Il lâcha la main de Stella et se leva, désireux de mettre un terme à cette discussion.

— Rhabille-toi, il est temps de rentrer à l'hôtel.

Puis, sans attendre sa réponse, il se dirigea vers la porte, sortit du cabinet et regagna la salle d'attente.

Quand, un peu plus tard, Stella sortit de la salle de bains et alla rejoindre Dante sur la terrasse où il s'était installé pour travailler dès leur retour, elle le trouva concentré sur l'écran de son ordinateur portable posé devant lui sur la table de pierre.

Le rendez-vous chez la gynécologue avait été fertile en émotions. Elle entendait encore résonner les battements du cœur du bébé dans son esprit. Impossible de nier son état, désormais. Elle portait un enfant et serait bientôt mère.

Cette pensée la terrifiait. Elle ne savait pas du tout comment *être* mère. Ses parents ne lui avaient pas vraiment donné un bon exemple. Et puis, comment une femme déterminée à tuer un homme de sang-froid pourrait-elle se transformer en une bonne mère ? Comment pourrait-elle s'occuper décemment d'un enfant après s'être focalisée sur un projet de vengeance pendant aussi longtemps ?

Une chose était certaine, pourtant : dès l'instant où le regard de Dante avait croisé le sien dans le cabinet médical, elle ne s'était plus sentie seule. Elle avait bien essayé de dissimuler sa peur, mais il l'avait devinée et lui avait pris la main pour la rassurer. Sa force et sa chaleur s'étaient alors diffusées en elle, chassant la peur et tous les doutes qui l'habitaient. À ce moment-là, elle avait presque eu l'impression que rien de mauvais ne pourrait plus lui arriver tant qu'il serait là.

Immobile à quelques pas de la baie vitrée grande ouverte sur la terrasse, elle le contempla.

Vêtu d'une chemise blanche et d'un pantalon bleu nuit, les manches roulées sur les avant-bras, les coudes appuyés sur la table, il fixait l'écran en fronçant les sourcils.

À présent, elle devait regarder la réalité en face, y compris la perspective de leur mariage et l'achat d'une propriété où ils vivraient ensemble en famille.

La douleur familière lui étreignit la poitrine.

Les jours derniers, Dante avait échafaudé toutes sortes de projets, lui montrant des maisons sélectionnées par son assistante, parlant de la vie qu'ils construiraient pour leur enfant. Elle n'avait émis aucune objection. Principalement parce que, sinon, elle n'aurait nulle part où aller.

Impossible de retourner à Monte Santa Maria puisque son père attendait toujours son retour avec impatience, persuadé qu'elle aurait accompli sa mission et vengé l'honneur des Montefiore.

Quand il avait exigé par SMS qu'elle lui donne des nouvelles, elle avait répondu que son plan suivait son cours et que tout allait bien. Si elle lui disait ce qu'il en était, il enverrait aussitôt quelqu'un pour s'occuper de Dante.

Il finirait par découvrir la vérité, bien sûr, mais elle désirait repousser ce moment le plus possible, notamment pour se donner le temps de réfléchir à une solution lui permettant de gérer la situation lorsqu'elle se retrouverait face à son père.

Si elle l'avait voulu, elle aurait pu quitter Dante, chercher un appartement et du travail, même si elle ne se faisait pas d'illusion car ce serait difficile vu que sa seule et unique expérience professionnelle se résumait à un emploi de serveuse. Par conséquent, la meilleure option était d'épouser Dante et de vivre avec lui dans la propriété qu'il allait acheter, en le laissant veiller à ce que leur enfant ne manque de rien et soit en sécurité. C'était assurément la meilleure solution. Il prendrait soin d'elle aussi tout en gardant ses distances avec elle.

La douleur s'intensifia, l'empêchant de respirer.

Cela lui convenait parfaitement, puisqu'elle ne désirait rien d'autre, de toute façon. Mais elle eut beau se le répéter, la douleur ne diminua pas pour autant.

Parce que, au fond d'elle-même, elle désirait toujours aussi ardemment que quelqu'un la prenne dans ses bras, lui chuchote qu'elle était aimée…

Peu importent ses désirs. Elle en avait terminé avec l'égoïsme. La seule chose qui comptait, c'était que leur enfant ait un bon départ dans la vie. Et la meilleure façon de lui offrir cela, c'était de rester avec Dante.

Elle regarda encore quelques instants celui-ci travailler avant de s'avancer sur la terrasse.

— Le bain t'a fait du bien ? demanda-t-il sans lever les yeux de l'écran.

— Oui, merci.

— Au fait, j'ai organisé une visite du *palazzo* demain. Nous irons là-bas en hélicoptère.

— D'accord.

Se rapprochant de Dante, elle posa la main sur la table et se pencha vers lui.

Il était si séduisant, si sexy, si beau, songea-t-elle en contemplant son profil noble, le front haut, le nez droit, la bouche sensuelle… Comment allait-elle supporter de vivre à ses côtés, d'être sa femme, sans plus partager aucune intimité avec lui ? Hélas, elle brûlait sans cesse de l'embrasser, de sentir son corps nu contre le sien, de se lover dans sa merveilleuse chaleur qui lui faisait tant de bien.

Dante avait dit qu'il satisferait ses besoins physiques ailleurs, et cette perspective lui déplaisait fortement.

Mais, en abordant la question, elle risquait de s'engager dans un territoire très dangereux, ce qu'elle ne voulait pas. Pas maintenant.

Le cœur battant la chamade, les mains moites, elle se redressa.

— J'ai repensé à ce que tu avais dit tout à l'heure, chez la gynécologue, commença-t-elle, un peu hésitante. Sur le fait que tu ne voulais pas que notre enfant porte le prénom d'un membre de ta famille.

— En effet, acquiesça-t-il, le regard toujours rivé à l'écran. Et je n'ai pas changé d'avis depuis.

— Non, bien sûr. Mais je… Que s'est-il passé ? Je veux dire, avec ta famille ?

— Je te l'ai dit. Ma mère m'a emmené à Naples, elle buvait. Et elle est morte là-bas il y a des années.

— Comment est-ce arrivé ?

Dante leva enfin les yeux vers elle, le visage fermé.

— Pourquoi veux-tu le savoir ? Ce n'est pas une belle histoire.

— L'histoire de mon frère n'est pas très belle non plus, mais je t'en ai parlé quand même.

Le regard de Dante s'assombrit encore.

— De quoi s'agit-il, au juste ? C'est donnant-donnant ? Tu m'as raconté tes secrets, et maintenant je devrais te raconter les miens ?

— Je vais t'épouser, Dante, dit-elle sans s'émouvoir. C'est mal de vouloir interroger l'homme qui va devenir son mari ?

— Je te rappelle que ce ne sera pas un mariage classique.

Elle ignora la douleur aiguë qui la traversa.

— Je ne l'ai pas oublié. Mais je veux en savoir davantage sur toi et ton passé. Sur la façon dont tu as…

— Tu crains que je ne fasse du mal à notre enfant ? la coupa-t-il, la voix douce et menaçante à la fois.

— Mais non, répliqua-t-elle, se forçant à soutenir son regard. Ce n'est pas ce que je voulais dire. Ne sois pas si susceptible.

Il poussa un juron étouffé et, étrangement, ce fut lui qui détourna les yeux.

— Tu veux savoir ce qu'il nous est arrivé, à ma mère et moi ? Très bien. Elle ne s'était jamais complètement remise du fait que mon père avait perdu le trône de Monte Santa

Maria, et lorsque nous avons été chassés et avons échoué à Milan, elle a commencé à boire. Mon père ne se souciait que d'une chose : récupérer son trône, il se fichait éperdument d'elle. Alors, au bout de quelques mois, elle en a eu assez. Elle est partie en m'emmenant.

La profonde amertume qui colorait la voix de Dante s'accentua encore tandis qu'il poursuivait.

— Elle m'a emmené de force. J'avais déjà perdu mon pays, je ne voulais pas perdre ma famille, surtout mon frère. Mais elle se moquait bien de ce que je ressentais. Tout ce qui lui importait, c'était de ne pas être seule. Nous nous sommes retrouvés à Naples dans un minuscule appartement sordide, et sans argent parce qu'elle était incapable de conserver un emploi.

Il s'interrompit, les yeux étincelants.

— Tu veux en savoir davantage ou cela te suffit ? La suite n'est pas mieux, je te préviens.

Elle soutint son regard, fascinée par l'éclat dangereux des pépites dorées qui y scintillaient.

— Continue, dit-elle avec calme. Cela ne me fait pas peur.

D'un geste brusque, Dante rabattit le couvercle de l'ordinateur.

— Évidemment, fit-il avec un petit sourire sardonique. Tu allais me tuer, après tout.

Il voulait la punir d'avoir insisté, comprit-elle.

Mais elle ne céderait pas. Parce que, sous la colère, il y avait toujours de la souffrance, elle ne le savait que trop. Et elle voulait comprendre d'où venait celle de Dante.

— J'aurais peut-être dû, repartit-elle avec le même calme. Apparemment, tenter de te supprimer est plus facile que t'amener à parler.

Ses yeux flamboyèrent, il éclata d'un rire amer.

— Tu ne me lâcheras pas, hein ?

— Je fais comme toi.

— OK.

Il se leva et lui fit face, un sourire plus franc aux lèvres, puis il lui posa les mains sur les hanches, la souleva pour l'asseoir sur la table et se glissa entre ses jambes.

Elle sentit son érection se presser contre son sexe, savoura la chaleur virile qui se répandait en elle.

— Nous avons déménagé je ne sais combien de fois, reprit-il d'un ton neutre. Comme, quand ma mère trouvait du travail, elle se faisait virer au bout de quelques jours, elle n'avait jamais de quoi payer le loyer. Finalement, elle s'est mise à fréquenter des hommes qui l'aidaient parfois. Son préféré était un salaud, Roberto, qui la battait quand il avait bu. Mais apparemment, cela n'empêchait pas ma mère de l'aimer. Et ça ne la dérangeait pas non plus qu'il s'en prenne à moi de temps en temps. Jusqu'à ce que, un jour, je sois devenu assez grand et costaud pour m'interposer et que je règle son compte à ce salopard. Au lieu de me remercier, ma mère m'a accusé de l'avoir blessé et de nous avoir forcés à déménager une fois de plus, car après cela, évidemment, il a cessé de lui donner de l'argent.

Stella sentait son cœur se serrer de plus en plus.

Dante s'exprimait d'un ton détaché, presque avec ennui, mais une tension palpable empreignait sa voix, ainsi que la colère et la souffrance.

— J'ai tout essayé pour qu'elle arrête de boire, continua-t-il. Avant de casser la figure à Roberto, j'avais tenté de lui faire comprendre qu'il finirait par la tuer, mais elle ne voulait ni renoncer à l'alcool ni se séparer de cette brute. Alors, quand j'ai eu seize ans, je lui ai donné un ultimatum : ou elle arrêtait de boire, ou je m'en allais. Elle m'a dit qu'elle n'avait pas l'intention d'arrêter de boire et que, si je n'étais pas content, je n'avais qu'à m'en aller. Et c'est exactement ce que j'ai fait.

Il sourit, d'un sourire dur et impitoyable.

— Je suis parti, persuadé qu'elle viendrait me rechercher. Qu'elle changerait d'avis. Mais elle n'en a rien fait. Pendant six mois, je n'ai eu aucune nouvelle. Et puis un jour j'ai reçu un message de l'hôpital m'informant qu'elle était en soins intensifs et qu'elle souffrait d'un traumatisme crânien. Elle était tombée après une nuit de beuverie avec Roberto, et sa tête avait heurté le bord du trottoir.

Un muscle de sa joue tressaillit tandis qu'il fixait avec colère un point situé quelque part au-dessus de l'épaule de Stella.

— J'ai passé un mois à son chevet, à la regarder mourir lentement. Comme elle ne s'est jamais réveillée de son coma, elle n'a sans doute jamais su que j'étais revenu auprès d'elle.

Probablement sans s'en rendre compte, il resserra les doigts sur ses hanches.

— Je n'ai jamais pu lui demander pourquoi elle m'avait traîné partout avec elle. Ni pourquoi elle n'avait jamais voulu essayer d'arrêter de boire, même quand je la suppliais de le faire. Elle est morte, c'est tout, me laissant sans rien comme elle l'avait toujours fait.

Stella déglutit avec peine.

— Dante, se contenta-t-elle de murmurer, sachant que, si elle lui offrait du réconfort, il la repousserait.

— Eh bien, voilà, tu sais maintenant quel genre d'homme tu vas épouser, répliqua-t-il avec un sourire glaçant. Un homme sans patrie. Sans racines. Un individu qui préfère tourner le dos aux problèmes plutôt que de les affronter, parce que c'est plus facile de se moquer de tout.

— Tu te sens responsable, n'est-ce pas ? dit-elle sans réfléchir.

Les yeux de Dante étincelèrent de rage.

— De quoi ? De la mort de ma mère ? De la façon dont elle est morte ? Certainement pas ! Elle l'a choisie elle-même. Je n'y suis pour rien.

— Si tu le penses vraiment, pourquoi es-tu aussi en colère ?

— Moi, en colère ? Je ne suis pas en colère.

Il éclata d'un rire lugubre qui la fit frissonner.

— Si je l'étais, cela voudrait dire que cette lamentable histoire me touche. Or, ce n'est pas le cas. Ce n'est *plus* le cas.

— Si, elle te touche encore, répliqua-t-elle doucement en levant la main pour lui effleurer la joue. Et c'est ça le problème, non ? Elle te touche trop.

Dante se pressa contre elle pour lui faire sentir son érection.

— Tu veux en venir où, exactement, avec tes questions ? demanda-t-il en plissant les yeux. Parce que, de mon côté, trésor, je passerais bien à autre chose.

Elle réprima le frisson de plaisir qui la parcourait.

Ça aurait été facile de capituler, de laisser Dante lui faire l'amour. Mais l'enjeu de cette conversation était trop important pour « passer à autre chose ».

— Je te les pose parce que je vois bien que tu es en colère, dit-elle tranquillement en le regardant dans les yeux. Et je veux t'aider comme tu m'as aidée.

Il la dévisagea un instant en silence.

— Surveille tes émotions, Stella, dit-il lentement. Ne t'attache surtout pas à moi, ce serait une grave erreur.

— C'est ce que tu diras à ton enfant quand il ou elle te dira qu'il t'aime ?

Le regard de Dante devint presque noir.

— Ne te sers pas de notre enfant pour me manipuler, Stella. Je ne le permettrai pas.

— Ce n'est pas ce que je fais. Je me moque de ce que tu ressens pour moi, mais j'ai besoin de savoir que notre enfant, au moins, tu ne le repousseras pas.

C'était en partie un mensonge, car elle aurait bien aimé savoir ce qu'il ressentait pour elle. Mais ce n'était pas le moment de penser à ça.

— Tu crains vraiment que je le repousse ? riposta-t-il sèchement. Pourquoi crois-tu que je t'ai demandé de m'épouser ? Que je vais acheter une maison où nous vivrons tous les trois ?

— Tu le fais parce que tu te soucies de nous, de notre bien-être, mais pas par amour. Et tu le sais, Dante.

— « Par amour » ? répéta-t-il avec mépris. Depuis quand l'amour a-t-il quelque chose à voir avec notre arrangement ?

Dante n'avait qu'un souhait : savourer la délicieuse chaleur du doux corps de Stella pressé contre le sien. En revanche il ne désirait pas du tout l'entendre parler d'amour, cette farce grotesque. Il s'était déjà bien trop livré à elle. Jamais il n'avait donné autant de lui-même à quiconque. Pas même à Enzo.

Pourquoi ?

Il n'en savait trop rien. En réalité, il avait tout fait pour ne jamais se sentir obligé à quoi que ce soit envers personne.

— Qu'est-ce que tu me demandes, au juste ? questionna-t-il d'un ton faussement désinvolte. Parce que, si c'est une déclaration d'amour que tu veux, tu vas être déçue.

— Je sais, dit-elle. Et je ne parle pas de moi. Je parle de notre enfant.

Le mélange de sérénité et de dignité avec lequel elle s'exprimait fit naître à l'improviste en lui un insupportable sentiment de honte.

La colère couvait en lui. Elle était toujours là, au plus profond de lui, quoi qu'il fasse et en dépit de ses efforts pour l'ignorer. À cause de cela, il ne voulait pas parler d'amour. Il ne voulait même pas y penser. Pour lui, ce sentiment absurde était associé à des souvenirs aussi précis qu'atroces. De sa mère lui jetant un verre à la tête alors qu'il essayait d'appeler un médecin après qu'elle avait passé la nuit sur le sol carrelé de la cuisine. De sa mère le menaçant d'appeler la police parce qu'il avait donné un coup de poing en pleine figure à Roberto lorsque ce salaud l'avait battue une fois de trop.

L'amour, c'était sa mère lui répétant qu'elle en avait assez de ses remontrances et qu'elle voulait qu'il lui fiche la paix. C'était une mort anonyme à l'hôpital sans avoir repris connaissance, le privant de sa dernière chance de lui parler. L'amour, Sofia Cardinali l'en avait dégoûté pour toujours, il ne voulait plus jamais en entendre parler.

— Notre enfant bénéficiera de tout ce que je serai en mesure de lui offrir, déclara-t-il fermement. Appelle ça comme tu voudras.

— Et si ce petit être innocent veut t'aimer ? insista Stella.

Il resserra involontairement les doigts sur ses hanches.

Les effluves de lavande et de miel, sa fragrance personnelle, l'enivraient. Il brûlait d'enfouir le visage entre ses petits seins doux et moelleux, de la prendre et de la faire crier de plaisir…

— Je ne l'en empêcherai pas.

— Mais tu ne lui donneras rien en retour ?

Comme une douleur vive lui transperçait la poitrine, il appuya son érection entre les cuisses de Stella, là où elle palpitait pour lui.

— Je n'aurai pas à le faire puisque tu seras là pour lui donner tout l'amour dont il ou elle aura besoin, murmura-t-il.

Le regard de Stella s'assombrit.

— Tu ne le penses pas, murmura-t-elle.

— Comment pourrais-tu le savoir ? Tu ne me connais pas.

Elle lui caressa la mâchoire du bout des doigts.

— Faux. Je sais notamment que tu es déjà attaché à cet enfant, que cela te plaise ou non. Et je sais aussi que tu as à cœur d'être un bon père.

Pourquoi la laissait-il faire ? Il n'en savait fichtre rien.

Les doigts fins effleurèrent ses lèvres.

— Je sais que, depuis l'instant où tu m'as amenée ici, tu

ne fais que t'occuper de moi, alors que j'ai tenté de te tuer. Et je sais que tu es en colère. Tu es très en colère contre ta mère, Dante…

Le regard toujours soudé au sien, elle lui caressa les lèvres.

— Tu as le droit d'être en colère. Elle n'était jamais là quand tu avais besoin d'elle. Et rien ne saurait justifier, et encore moins excuser, cet abandon.

Une tension infernale s'empara de lui.

Il aurait dû repousser Stella, lui tourner le dos et s'en aller, quitte à la blesser. Mais il était envoûté par ses yeux bleus dont une nuance outremer faisait ressortir les sublimes reflets argentés.

Elle était nue sous le peignoir de soie qu'il avait fait acheter pour elle. Elle était chaude, excitée…

— Je crois que nous avons épuisé le sujet, murmura-t-il en avançant les hanches pour mieux sentir sa délicieuse chaleur. Il y a des choses bien plus intéressantes et plus délectables que mes relations passées avec ma mère.

— Ce que je vais te dire va sans doute te paraître étrange, après ce que j'ai fait ou tenté de faire, répliqua-t-elle avec ce même calme insupportable. Mais tu peux avoir confiance en moi, Dante. Je ne te laisserai jamais tomber.

La tension redoubla, lui enserrant la poitrine comme un étau.

— Je ne veux pas de ta confiance, rétorqua-t-il méchamment. Ce qui m'intéresse, c'est ton corps. Compris ?

— Oui. Et je te l'offre volontiers. Je ne te laisserai jamais tomber, et je ne me refuserai jamais à toi.

Ça, ce n'était pas prévu au programme. Elle n'était pas supposée se… Se *donner à lui* de cette façon.

— Ce n'est pas une bonne idée, trésor, répliqua-t-il d'une voix rauque. Je ne suis pas d'humeur à m'embarrasser de préliminaires. Ni de douceur.

— Ça m'est égal. Fais ce que tu veux. Je suis plus forte que je n'en ai l'air, tu l'as dit toi-même.

Il la souleva dans ses bras.

Cette fois, il ne la prendrait pas sur la table. Il se comportait comme une bête, mais quand même, il y avait des limites…

Penchant la tête, il prit la bouche de Stella, brutalement.

Sans protester, elle lui enroula ses jambes autour de la taille et lui ouvrit ses lèvres, comme pour lui montrer que, en effet, elle ne se refusait pas à lui. Ne le laissait pas tomber.

Le cœur battant à un rythme sauvage, il sentit le désespoir familier se déployer au plus profond de son être.

Il ne comprenait pas pourquoi il se comportait ainsi avec Stella. Il ne *se* comprenait pas. Mais il ne pouvait empêcher de monter en lui ce besoin désespéré, insatiable, de s'enfouir en elle, de se laisser envelopper dans sa chaleur et sa douceur. De s'y noyer.

Incapable de parvenir jusqu'à la chambre, il s'arrêta dans le salon et l'allongea sur l'épais tapis blanc. Ce n'était pas l'idéal, mais il ne pouvait pas attendre un instant de plus.

Dénouant d'un geste brusque la ceinture du peignoir, il dévoila le corps à la peau claire et se reput de la vision qui s'offrait à lui. Le soleil jetait des reflets dorés sur les cheveux blonds de Stella, caressait ses mamelons rose tendre. Ses yeux bleus étincelaient de pur désir. Pour lui.

— Tu as envie de moi ? demanda-t-il malgré lui en s'agenouillant entre ses cuisses. Tu me désires, Stella ?

— Oui, chuchota-t-elle. J'ai envie de toi. Je te désire…

— Moi et moi seul.

Qu'est-ce qu'il lui prenait ?

Il n'en savait rien. Il n'était conscient que d'une chose : du désir qui rugissait en lui.

— J'ai changé d'avis, enchaîna-t-il d'un ton brutal en se penchant sur elle. Une fois que nous serons mariés, tu seras à moi. Personne d'autre ne posera jamais la main sur toi, tu m'entends ?

Elle leva la main et lui caressa les cheveux.

— Oui, je t'entends. Et j'accepte, à condition que personne d'autre ne pose la main sur toi.

— Je n'ai besoin de personne d'autre. Tu m'offres tout ce dont j'ai besoin.

Les yeux de Stella s'illuminèrent, tout son beau visage s'éclaira, puis elle rapprocha sa bouche de la sienne et l'embrassa avec passion.

Il répondit à son baiser avec la même fièvre, comme si sa vie en dépendait.

Sa propre ferveur aurait dû l'inquiéter, mais il était trop excité pour s'interroger. Trop ivre du goût de la bouche de Stella, de la sensation de son corps mince et souple enlacé au sien.

Ouvrant sa braguette d'un geste rapide, il libéra son érection et s'enfonça dans sa merveilleuse chaleur.

Stella poussa un petit cri de ravissement en soulevant les hanches pour mieux l'accueillir.

— Tu es incroyable, murmura-t-elle. Tu es l'homme le plus extraordinaire que j'aie jamais rencontré.

Ces paroles lui firent l'effet d'une flèche empoisonnée en pleine poitrine. Parce que, pour la première fois de sa vie, il avait l'impression qu'il pourrait être vraiment l'homme incroyable et extraordinaire qu'elle voyait en lui, au lieu de celui qui avait quitté une femme sur laquelle il aurait dû veiller. Celui qui avait laissé sa mère mourir, qui avait passé sa vie entière à tâcher de transformer sa culpabilité en mépris de lui-même, en se répétant qu'il s'en fichait. Qu'il se fichait de tout.

Or, Stella avait raison, c'était ça, le problème : en réalité, il ne s'en fichait pas. Tout le touchait. Surtout elle.

Stella Montefiore était devenue l'être qui comptait le plus à ses yeux.

Quand il donna l'ultime coup de reins qui la fit basculer dans l'extase en criant son prénom, il s'abandonna à son tour à la jouissance et poussa une longue plainte rauque contre ses lèvres douces.

Mais l'intensité du plaisir qu'ils se donnaient l'un à l'autre ne changeait rien. D'une façon ou d'une autre, il finirait par lui faire du mal. Voire par la détruire.

9.

Le *palazzo* était magnifique, avec ses élégantes fenêtres qui donnaient d'un côté sur des prairies s'étendant à perte de vue, et de l'autre sur des jardins en terrasse entourant une piscine superbe.

Ce serait le lieu idéal pour y vivre en famille, avait pensé Stella dès qu'ils avaient commencé à déambuler dans les pièces spacieuses aux proportions harmonieuses de l'immense demeure palatiale.

La propriété se trouvait dans un faubourg cossu de Milan, non loin de celle d'Enzo, mais celui-ci et sa famille passaient la majeure partie de leur temps sur la petite île qu'il avait acheté l'année précédente, lui avait expliqué Dante.

Elle aurait aimé en savoir davantage sur l'aîné des Cardinali, d'autant que celui-ci allait être l'oncle de leur enfant, mais Dante n'avait pas paru désireux de lui en parler.

Depuis la discussion… intense qu'ils avaient eue sur la terrasse de la suite, à Rome, il ne semblait de toute façon pas avoir très envie de bavarder avec elle. Il restait de longues heures devant son ordinateur ou au téléphone, s'occupant de ses affaires, avait-il dit succinctement.

Ainsi que des préparatifs de leur mariage.

Il lui répétait qu'il avait besoin de son avis à propos de différents aspects de la cérémonie mais, à chaque fois qu'elle s'asseyait en face de lui pour en discuter, elle se sentait mal à l'aise. Parce qu'elle ne supportait pas d'organiser un mariage dont le seul but serait de « faciliter les choses au plan administratif », et elle ne pouvait s'empêcher d'appréhender la vie qui l'attendait. Une vie confortable, certes, mais dépourvue d'amour entre elle et son mari.

En réalité, Dante éprouvait sans doute de l'affection pour elle, et il aimait déjà leur enfant, elle n'avait aucun doute là-dessus. Mais il refusait de l'admettre, et elle n'y pouvait rien. Quel impact ce refus aurait-il sur leur enfant ? Grandirait-il avec un père incapable de regarder la vérité en face et de lui témoigner un tant soit peu d'affection ?

Elle avait elle-même grandi sans amour. C'était ce manque qui l'avait amenée à braquer une arme sur la tête de Dante. Bien sûr, elle ferait tout pour que son bébé sache dès sa naissance qu'il était aimé. Mais l'amour d'une mère lui suffirait-il ? Ce ne serait pas comme s'il n'avait qu'elle. Il aurait également un père.

Leur enfant vivrait la même frustration qu'elle-même vivait avec Dante. Il attendrait de son père un amour que ce dernier ne lui accorderait jamais. Parce qu'il était prisonnier de son passé et qu'il ne désirait pas s'en libérer.

Restait bien une solution : partir. Mais pour aller où ? Comment subviendrait-elle à ses besoins et à ceux du bébé ? Et puis, Dante la laisserait-il partir ? Non, bien sûr.

Et elle, serait-elle capable de le quitter ?

C'était là la vraie question.

Cette pensée germa en elle, aussi dure et froide que la réalité qu'elle refusait de regarder en face depuis des jours.

— Qu'en penses-tu ?

Elle tressaillit. Seule sur la terrasse et perdue dans ses pensées, elle n'avait pas entendu Dante arriver derrière elle.

— Il te plaît, ce *palazzo* ? murmura-t-il en lui passant les bras autour de la taille.

— Oui, énormément, répondit-elle sans se retourner.

La chaleur familière se répandit en elle, accompagnée

d'une indéniable tristesse. Parce que, en dépit de la passion charnelle qu'ils partageaient, elle était vouée à vivre avec le manque jusqu'à la fin de ses jours.

— Et ce serait bien d'être près de chez ton frère, ajouta-t-elle. Notre petit pourrait jouer avec son cousin.

— Je ne sais pas si ce serait une bonne chose. Tu me reproches de vouloir toujours tout contrôler mais, si tu connaissais Enzo, tu me trouverais irresponsable en comparaison !

— Je ne crois pas que cela risque d'arriver, répliqua-t-elle en riant. Au fait, je vais bientôt faire sa connaissance ?

— Oui. À l'occasion de nos fiançailles.

Évidemment. Dante avait tout prévu pour que rien ne filtre avant qu'il soit prêt à annoncer *lui-même* la nouvelle aux médias. Il voulait tout contrôler, en effet, et il s'était arrangé jusqu'ici pour que personne ne sache qu'il partageait sa vie avec une femme enceinte de lui.

Elle lui avait fait remarquer qu'un communiqué de presse aurait suffi, mais il lui avait répondu qu'il gérait la situation à son idée, et selon lui une fête destinée à célébrer leurs fiançailles serait la meilleure façon d'annoncer leur union prochaine. Et qu'elle ne s'inquiète plus de la réaction de ses parents : il avait envoyé deux délégués à Monte Santa Maria pour informer les Montefiore que, étant donné qu'il allait épouser leur fille, celle-ci était désormais sous sa protection. Ses émissaires étaient par ailleurs partis lestés d'une coquette somme, assortie d'un message stipulant que, si Stefano tentait de reprendre contact avec sa fille, la police serait prévenue et le placerait en garde à vue.

Ces mesures convenaient parfaitement à Stella, qui avait parlé à Dante de ses inquiétudes quant à la réaction de Stefano lorsqu'il apprendrait qu'elle avait renoncé à sa mission.

Étant presque parvenue à faire la paix avec sa conscience et avec la mémoire de Matteo, elle ne culpabilisait plus de ne pas être allée jusqu'au bout de cet absurde projet de vengeance. En revanche, elle ne parvenait pas encore à se débarrasser de cette faiblesse, ce manque, ce besoin d'amour qui l'habitait depuis toujours.

— Tu vas inviter Enzo à nos fiançailles ? demanda-t-elle d'un ton neutre.

— Bien sûr, c'est mon frère.

Dante l'embrassa dans le cou, sous l'oreille, la faisant frissonner tout entière.

— Mais nous garderons pour nous certains détails, enchaîna-t-il. Les circonstances dans lesquelles nous nous sommes rencontrés. Par exemple le fait que, le soir où nous nous sommes rencontrés, tu avais l'intention de me tuer.

— Tu crains que ton frère ne s'en prenne à moi s'il apprenait que, au départ, j'avais l'intention de te supprimer ? demanda-t-elle, curieuse.

— Non ! s'exclama-t-il en riant. Si Enzo osait lever la main sur toi, il serait mort avant d'avoir eu le temps de dire ouf !

Il exagérait, bien sûr…

— Pourquoi lui cacher ce détail, alors ?

— Parce qu'il serait furieux et que nous n'avons pas besoin de cela. Et parce que je n'ai pas envie de l'inquiéter pour rien, tout simplement.

La chaleur qui colorait la voix grave de Dante lui fit mal.

Il était attaché à son frère, il l'aimait. Profondément. Pourquoi aurait-il choisi une propriété proche de la sienne, sinon ? Mais elle, il ne l'aimerait jamais de cette façon, se dit-elle, la gorge serrée.

Et alors ? Pourquoi aurait-elle besoin de son amour ? Il lui offrait la sécurité, le confort matériel, une demeure fabuleuse, la garantie que leur enfant ne manquerait jamais de rien. Sans compter le plaisir charnel…

Mais cela ne suffirait pas, elle le savait. Tout ce qu'elle voulait, c'était quelqu'un qui la désire et qui l'aime vraiment pour ce qu'elle était. Et pas seulement physiquement. Ses parents ne l'avaient jamais désirée ni aimée. Seul Matteo avait compté à leurs yeux.

Un froid glacial l'envahit, son pouls lui battit les tempes.

Personne ne l'avait jamais vraiment désirée et aimée. Et maintenant, elle allait se lier pour la vie à un homme qui lui refusait ce dont elle avait besoin.

Elle écarta les grandes mains posées sur son ventre et s'avança vers le petit muret entourant la terrasse.

— Stella ? fit Dante au bout de quelques instants. Quelque chose ne va pas ? C'est en rapport avec mon frère ?

— Tu es très attaché à lui, n'est-ce pas ? demanda-t-elle en se retournant vers lui.

Il la dévisagea en silence, le visage fermé. Les mains dans les poches d'un somptueux pantalon taillé sur mesure, en bras de chemise, il était d'une beauté à couper le souffle.

— Enzo est mon frère, dit-il enfin, comme si cela suffisait comme explication.

» Pourquoi cette question ? continua-t-il en fronçant les sourcils.

Elle tressaillit, ne sachant plus trop pourquoi elle la lui avait posée. Mais elle se ressaisit et le regarda droit dans les yeux.

— Tu es capable de t'attacher à quelqu'un, alors.

— Si tu veux que je…

— Éprouveras-tu un jour des sentiments pour moi ?

Les mots avaient jailli d'eux-mêmes. Elle aurait dû les retenir, mais c'était trop tard, elle les avait prononcés.

L'expression de Dante se durcit. Son regard se ferma. Tout son visage était semblable à un masque.

La vérité fondit sur elle, la vérité qu'elle se cachait désespérément à elle-même : non, il ne ressentirait jamais rien pour elle.

— Oublie ce que j'ai dit, reprit-elle à la hâte.

Parce que, s'il la repoussait maintenant, elle ne pourrait le supporter.

— Pourquoi m'avoir posé la question, alors ? demanda-t-il d'une voix horriblement dure.

Il lui en voulait. Ils étaient venus pour visiter une propriété, pas pour discuter de leur relation.

Elle se détourna.

— Cela n'a pas d'importance.

— C'est à cause de ce que je t'ai dit à Rome, n'est-ce pas ?

— Tu n'as pas à…

— Parce que, si tu veux la vérité, la voici, l'interrompit-il de la même voix dure et froide. Je m'occuperai de toi, Stella. Mais, non, je ne pourrai jamais éprouver de sentiments pour toi.

Ces paroles l'atteignirent en plein cœur. Le choc fut si violent qu'elle se demanda comment elle tenait encore debout.

S'était-elle vraiment attendue à autre chose ?

Il l'avait mise en garde, mais cela n'avait servi à rien.

Elle l'aimait. L'amour qu'elle ressentait pour lui l'éclairait de l'intérieur. La souffrance qu'elle éprouvait à cause de lui n'était que le revers de l'amour. Elle en faisait partie. Lui et lui seul pouvait combler le manque qui l'habitait depuis si longtemps.

Elle se concentra sur les cyprès bordant l'allée pour tenter de retenir ses larmes.

— Tu ne peux pas, ou tu ne veux pas ?

— Pouvoir, vouloir… Je ne vois pas la différence.

— Moi, si.

— Très bien, dit-il d'un ton neutre. Je ne *veux* pas.

La vision de Stella se brouilla. Elle avait perdu la bataille.

Elle ne fit aucun effort pour contenir ses larmes. À quoi bon, puisqu'elle s'était trahie.

— Je ne suis pas ta mère, Dante. Je ne suis pas une alcoolique accrochée à sa dépendance. Je suis seulement une femme qui veut compter pour quelqu'un. Tu peux le comprendre, non ?

— Bien sûr que je le comprends, répondit-il avec colère. Mais il ne s'agit pas de ma mère. Il s'agit du choix que j'ai fait il y a des années et que je ne remettrai pas en question.

— Pas même pour moi ?

Le silence tomba, lourd et insupportable. Puis elle entendit Dante se rapprocher et lui poser les mains sur les épaules pour la forcer à se retourner.

L'espace d'un bref instant, elle vit de la douleur dans ses yeux. Mais ce fut si fugace qu'elle se demanda si elle ne l'avait pas imaginée.

— Stella, dit-il d'une voix légèrement rauque. Pourquoi est-ce aussi important pour toi ?

— À ton avis ? répliqua-t-elle en redressant le menton. Parce que *tu* es important pour moi, Dante.

— Je t'ai dit de ne surtout pas t'attacher à moi. Tu t'en souviens ?

Sa gorge lui faisait mal. Tout son corps.

— Oui, mais c'est arrivé quand même, je n'y peux rien.

Si on avait dit à Dante que les larmes pourraient avoir un pouvoir aussi dévastateur sur lui, il ne l'aurait pas cru. Il avait littéralement l'impression que son cœur se *déchirait*.

Sa mère était experte dans l'art de pleurer quand cela lui chantait – ou plutôt de se servir des larmes pour obtenir ce qu'elle désirait. Mais Stella ne faisait pas semblant. De grosses larmes roulaient sur ses joues l'une après l'autre, et une souffrance brute emplissait ses yeux bleus.

Elle s'était attachée à lui. Profondément.

Pourquoi, bon sang ? Il l'avait pourtant prévenue, à Rome ! Il n'avait rien à se reprocher, il avait été très clair.

Alors, pourquoi la vue de ces larmes et l'expression de Stella provoquaient-elles en lui une telle douleur ?

Il eut beau essayer de se ressaisir, la sensation de déchirure persista, exacerbant sa colère et lui donnant envie de prendre Stella dans ses bras, de la serrer à l'étouffer et de prendre cette bouche frémissante pour lui faire oublier dans le plaisir sa stupide exigence.

Mais au moment où, cédant à son impulsion, il lui posa les mains sur les hanches, elle le repoussa fermement et recula d'un pas.

— Non, Dante, dit-elle, la voix tremblante. Je ne veux pas.

Sa colère monta d'un cran.

— Tu viens d'affirmer que tu ne te refuserais jamais à moi !

— Je sais. Mais c'était avant que je me rende compte que j'étais amoureuse de toi.

L'amour. Encore ce maudit concept !

— Je ne veux pas que tu sois amoureuse de moi, rétorqua-t-il méchamment. Je ne t'ai jamais demandé de m'aimer.

— Je ne l'ai pas fait exprès, se défendit-elle en redressant le menton. Et pour être franche, je n'aurais jamais choisi de tomber amoureuse d'un homme qui se moque éperdument de l'amour !

Il n'avait qu'à tendre la main pour la toucher. Il savait comment la faire fondre, comment lui faire oublier le monde entier.

S'avançant d'un pas, il la prit par la taille, mais elle se raidit contre lui.

— Et alors ? lança-t-il d'un ton ironique. Cela ne change rien.

— Tu ne comprends pas. Cela change tout, au contraire.

Un grondement lui échappa.

Il ne voulait pas renoncer, parce qu'il pressentait que, s'il la lâchait maintenant, il la perdrait pour toujours.

— Pourquoi ?

L'adorable roseur colora les pommettes hautes.

— Lâche-moi, Dante.

— Tu vas t'en aller, c'est cela ? Dès que je t'aurai lâchée, tu vas me quitter ?

Pourquoi lui posait-il des questions au lieu d'agir, de l'embrasser ?

Elle avait l'air si vulnérable, mais en même temps si déterminée tandis qu'elle le regardait ainsi dans les yeux…

— Tout ce que je désire depuis toujours, commença-t-elle tout doucement, le regard plongé dans le sien, c'est que quelqu'un me prenne dans ses bras et me dise que je suis aimée. Mais si je t'épouse, Dante, je ne rencontrerai jamais ce quelqu'un.

Ce fut comme si elle lui plantait un couteau dans la poitrine.

Mais elle avait raison. S'ils se mariaient, si elle se liait à lui, elle n'obtiendrait jamais ce qu'elle désirait. Parce qu'il ne serait jamais ce quelqu'un dont elle avait besoin.

La douleur se propagea dans son ventre, dans tout son être. Puis la colère qui ne le quittait jamais prit toute la place : c'était la faute de Stella. Avec son obsession ridicule, elle détruisait ce qu'il avait construit pour leur enfant !

Un frisson glacé le parcourut.

Il la rendait responsable de sa propre lâcheté. Comme sa mère le faisait avec lui autrefois.

Chassant aussitôt cette pensée, il laissa retomber ses bras.

— D'accord, dit-il d'un ton acerbe. Si tu veux t'en aller, vas-y. Je ne te retiendrai pas.

Elle paraissait si petite, si menue, là devant lui.

— Alors, c'est comme cela que tout va se terminer ? demanda-t-elle d'une voix blanche. Tu fuis de nouveau ?

— Pardon ? J'ai l'air de fuir ? Non, trésor, c'est toi qui ne veux pas de ce que j'ai à t'offrir.

La belle bouche de Stella se mit à trembler.

— Tu te trompes. Je ne le refuse pas, mais je veux *tout* de toi. Je veux être aimée, Dante. Par toi.

Le couteau remua dans sa poitrine, lui labourant les chairs.

— Pourquoi ? fit-il, se raccrochant à sa colère. Pourquoi ne peux-tu te contenter de ce que nous avons déjà construit ? Je te donnerai tout ce que tu voudras. *Tout*, bon sang !

— Je sais, dit-elle à nouveau. Mais ça ne me suffit plus.

— *Pourquoi* ? répéta-t-il avec rage. Pourquoi n'est-ce pas suffisant ?

— Parce que je ne suis plus la même qu'il y a une semaine. Tu m'as changée, Dante. Grâce à toi, j'ai compris que je méritais davantage. Et je ne veux pas passer le reste de ma vie à me contenter de ce que *tu* choisis de me donner.

Elle redressa les épaules.

— J'ai besoin d'être aimée. Et je ne veux pas gâcher ma vie et la tienne en essayant de te faire changer d'avis. C'est ce que j'ai fait avec mon père, et je ne veux pas recommencer.

Le froid se propagea dans les moindres cellules de son corps.

Elle lui échappait. Elle allait disparaître de sa vie.

— Tu auras le bébé, dit-il, les mâchoires crispées. Tu n'as pas besoin de mon amour.

Une larme roula sur la joue de Stella.

— Non, je ne reporterai pas ma frustration sur notre enfant. Ce serait injuste. Je suis désolée, Dante. Je ne peux pas. Je ne peux pas passer ma vie à attendre ce que tu ne pourras jamais m'offrir. Je ne veux pas non plus imposer cela à notre enfant.

Tout lui échappait, et il se sentait totalement impuissant à réagir. Parce que, pour garder Stella, il aurait dû admettre qu'elle était vitale pour lui et renoncer au choix qu'il avait fait des années plus tôt. Et ça, il ne le pouvait pas. C'était tout bonnement impensable.

Il se concentra sur la rage qui bouillonnait en lui, impuissante à le sortir de l'impasse.

Il pouvait encore se retrancher dans l'indifférence qui lui avait toujours servi à se protéger de toute émotion. De tout danger.

— Très bien, dit-il d'un ton détaché. Comme tu voudras. Mais alors, nous allons peut-être attendre un peu avant de nous marier, qu'en penses-tu ?

Stella tressaillit, avant de se ressaisir aussitôt.

— Bien sûr, je comprends, acquiesça-t-elle en soutenant son regard sans ciller. Et le bébé ?

— Je vais acheter cette propriété. Tu pourras t'y installer en attendant sa naissance. Ensuite, nous referons le point.

— C'est ton dernier mot ? souffla-t-elle. Tu renonces à nous sans te battre ?

Une telle tristesse émanait de son regard qu'il eut envie de hurler.

Au lieu de cela, il éclata d'un rire creux.

— Pardon ? Tu t'attendais vraiment à ce que je réagisse autrement ? Réveille-toi, trésor. Tu sais quel genre d'homme je suis. Et comme tu l'as si bien fait remarquer, mon enfant serait frustré avec un père comme moi. Alors, autant vivre chacun de son côté.

Il se détourna, incapable de supporter plus longtemps la souffrance de Stella.

— Je rentre à Milan en voiture. Mon pilote va te ramener à Rome, et tu pourras y rester jusqu'à ce que l'achat de cette propriété soit finalisé. Ne t'inquiète pas. Tu n'auras à t'occuper de rien.

Les épaules raides, il se dirigea vers la double porte donnant sur la terrasse.

— Je sais très bien quel genre d'homme tu es, Dante Cardinali, lança-t-elle dans son dos. Je regrette seulement que tu ne le saches pas toi-même.

Le désespoir colorant sa voix résonna en lui, le faisant frissonner, mais il ne se retourna pas.

— Désolé, Stella. Cet homme n'existe pas.

Il ne s'attendait certes pas à ce qu'elle le rappelle, qu'elle cherche à la retenir.

Elle n'en fit rien, en effet, et il se convainquit qu'il n'était pas déçu.

10.

Installé confortablement sous la vaste pergola qu'il avait fait aménager sur la terrasse de son appartement milanais – sa toute dernière acquisition –, Dante tendit la main vers le verre de vin posé sur la table basse.

Le coucher de soleil était somptueux, les rouges et les ors se répandaient sur les toits, embrasaient l'horizon, mais cette vision grandiose le laissait complètement indifférent.

Il devrait peut-être reprendre une maîtresse. Il la recevrait là, dans son nouveau repaire. Il lui suffirait de consulter son carnet d'adresses…

Mais au lieu de l'émoustiller, cette possibilité ne provoqua en lui que du dégoût.

Peut-être parce qu'il vieillissait. À moins qu'il ne désire qu'une seule femme…

Absurde !

Stella était repartie à Rome comme il le lui avait conseillé en attendant que le *palazzo* soit prêt à l'accueillir, et c'était très bien ainsi.

La douleur familière lui traversant la poitrine, il porta à nouveau son verre à ses lèvres.

Parfois, l'alcool aidait. Parfois non. Et ce jour-là, c'était plutôt non, hélas.

Entendant un bruit de pas dans le vaste salon donnant sur la terrasse, il se redressa vivement et tourna la tête, avant de froncer les sourcils en voyant la haute silhouette de son frère se découper sur le seuil et se diriger vers lui.

— Comment es-tu entré ?

Enzo s'installa nonchalamment dans le transat qui faisait face au sien.

— La porte était ouverte.

— N'importe quoi. Elle est équipée d'une serrure numérique, et il faut une carte et un code pour la déverrouiller.

— Je sais. J'ai demandé à quelqu'un de m'aider, répliqua Enzo sans le moindre embarras. J'avais sonné, mais tu n'avais pas répondu.

Dante poussa un juron.

— Tu ne trouves pas que tu exagères un peu ?

— Cela fait cinq jours que j'essaie en vain de te joindre, Dante. J'étais inquiet.

— Pourquoi ? Je vais bien. Et comme tu peux le constater, je suis bien installé, ajouta-t-il en embrassant la terrasse du regard.

Son frère plissa les yeux.

— Non, tu ne vas pas bien. Tu as une mine épouvantable. On dirait que tu n'as pas dormi depuis plusieurs jours.

— C'est le cas, fit Dante avec un haussement d'épaules. Je suis insomniaque, en ce moment. Ça va passer.

Son frère se contenta de le dévisager en silence, l'air pas du tout convaincu par son explication.

— J'ai reçu un coup de fil, dit-il au bout d'un moment. D'une femme.

Dante se figea, la poitrine soudain nouée.

— Quelle femme ?

— Je crois que tu le sais, répliqua Enzo en le regardant dans les yeux. Celle qui porte ton enfant. Elle est très inquiète pour toi en dépit de la façon dont tu t'es séparé d'elle.

La douleur qu'il s'efforçait d'ignorer depuis une semaine

le traversa avec une telle violence qu'il dut retenir un gémissement.

— Je ne sais pas de qui tu parles, dit-il d'un ton neutre, avant de porter à nouveau son verre à ses lèvres.

Le regard doré d'Enzo s'assombrit.

— Je croyais que tu étais un homme, Dante. Pas un lâche.

La colère remplaça la douleur, si vive que Dante lança de toutes ses forces son verre, qui se brisa avec fracas sur le parapet entourant la terrasse.

Un long silence s'ensuivit, troublé seulement par le bruit de sa respiration précipitée.

— Tu te sens mieux ?

— Non.

— Cette situation ne te rappelle rien ? fit Enzo en faisant légèrement basculer son dossier en arrière.

Si, bien sûr. Elle lui rappelait le jour où il était lui-même allé voir son frère, quand celui-ci avait failli perdre la femme qu'il aimait.

Et maintenant, c'était Enzo qui venait lui parler.

— Tu ferais mieux de t'en aller, dit-il d'une voix sourde. Je ne suis pas d'humeur à bavarder.

— Ne sois pas ridicule. Stella va mettre ton enfant au monde, et toi tu boudes dans ton coin, comme Simon. Je te croyais plus mûr que mon fils de cinq ans.

— Ne prononce pas son nom devant moi, gronda-t-il.

Inutile de préciser qu'il ne faisait pas allusion à Simon, son frère n'était pas idiot.

— Pourquoi ? Parce que ça fait mal ? Tu es stupide, Dante. Elle m'a dit ce qu'il s'était passé – et ne t'inquiète pas, elle ne me l'a raconté qu'après que j'ai exigé qu'elle me dise la vérité. Et j'ai deviné le reste. Tu es tombé amoureux d'elle, et tu ne sais pas comment gérer ce qu'il t'arrive, alors tu l'as rejetée.

« Tu es tombé amoureux d'elle ».

Les paroles de son frère résonnèrent dans la tête de Dante, le faisant tressaillir.

— Tu te trompes. Je ne suis pas amoureux d'elle. Cette femme m'est complètement indifférente.

— Ah oui ? Pourquoi es-tu parti, alors ? Pourquoi restes-tu ici dans un appartement à moitié vide à boire tout seul, refusant d'ouvrir quand on sonne à ta porte ?

Enzo secoua la tête.

— Tu m'as dit un jour que notre mère avait ses propres problèmes. Et je devine à quoi tu faisais allusion. Je ne me pardonnerai jamais de t'avoir laissé seul avec elle, de ne pas être allé te rechercher quand elle t'a emmené à Naples.

— Tu étais jeune. Et je m'en suis très bien sorti…

— Non ! l'interrompit Enzo avec force. Tu ne t'en es pas sorti. Et tu ne vas pas bien. Sinon, tu serais avec la femme que tu aimes, et tu te préparerais avec elle à la naissance de votre premier enfant. Au lieu de cela, tu prétends que tu t'en moques alors que le premier imbécile venu comprendrait que Stella compte tellement pour toi que tu ne peux pas faire face à ce que tu ressens.

Ne sachant que répliquer, Dante resta immobile à dévisager son frère.

— Elle est morte, Enzo, dit-il soudain d'une voix rauque. Et je n'ai pas pu la sauver. Je suis parti et l'ai laissée mourir.

— Notre mère a choisi son destin, et tu le sais. Alors ne laisse pas ses choix régenter ta vie…

Il s'interrompit et désigna du menton la bouteille de scotch posée sur la table basse avant de poursuivre.

— Tu fais exactement comme elle – tu le sais aussi, n'est-ce pas ? Tu noies ton chagrin dans l'alcool, et tu repousses ceux qui t'aiment.

Dante contempla son frère en silence et sentit une sueur glacée lui couler dans le dos.

Enzo avait raison. Il faisait exactement comme Sofia :

il se servait de l'alcool pour oublier son chagrin et refusait toute aide. Il rejetait ceux qui l'aimaient. Il leur en voulait, il se montrait odieux avec eux…

C'était ce qu'il avait fait avec Stella. Il l'avait rejetée, il l'avait blessée, l'accusant d'être une criminelle alors que son seul crime était de l'aimer et de vouloir être aimée en retour.

— Je lui ai fait du mal, dit-il, la voix rauque. Après lui avoir interdit de s'attacher à moi, je l'ai… accusée d'en vouloir trop, de détruire ce que nous avions construit.

Il s'interrompit pour reprendre son souffle.

— Elle n'est coupable de rien. Le seul responsable de tout ce gâchis, c'est moi.

Le regard d'Enzo s'adoucit.

— C'est un bon début. Que comptes-tu faire pour remédier à la situation ?

La panique s'empara de Dante.

— Qu'est-ce que je peux faire ? Je l'ai repoussée, et je suis parti après lui avoir dit qu'elle ne représentait rien pour moi.

— Si je peux te donner un conseil, répliqua tranquillement Enzo, c'est d'accepter ce que tu ressens pour elle, et ensuite de passer tous les jours de ta vie à le lui montrer.

Dante dévisagea son frère, la seule personne qu'il s'était jamais autorisé à aimer.

— Comment t'y es-tu pris avec Matilda ? Comment as-tu mis tout le reste de côté et pris cette décision ?

— Ça a été facile. J'ai enfin compris que je l'aimais. Et que sa souffrance était plus importante que la mienne.

— Facile…

— Il s'agit d'acceptation, c'est tout, répliqua Enzo en secouant la tête. Pas de te jeter du haut d'une falaise, même si c'est l'impression qu'on a avant de se jeter à l'eau.

Enzo n'avait jamais eu un sens de l'humour très développé, mais pour une fois Dante ne le lui fit pas remarquer.

Lui-même n'avait jamais été doué pour l'acceptation.

« Tout ce que je désire depuis toujours, c'est que quelqu'un me prenne dans ses bras et me dise que je suis aimée. »

Stella voulait tout de lui. Y compris son cœur, donc. Et alors ? Qu'est-ce qu'il en avait à faire, de son cœur ? Pour quoi, pour qui le gardait-il aussi farouchement ? Elle était la seule à qui il avait envie de le donner, et si jamais elle le brisait entre ses mains, peu importait, vu l'état dans lequel il se trouvait déjà. Et puis, elle seule pouvait en recoller les morceaux, justement…

— Il faut que j'aille à Rome, dit-il en bondissant de son transat.

— À cette heure-ci ? demanda Enzo en jetant un coup d'œil à sa montre.

— Je me moque de l'heure qu'il est. Je dois y aller *maintenant*.

— Alors, ça tombe bien que je sois venu en hélicoptère, n'est-ce pas ?

Stella détestait le rêve qui revenait la hanter presque chaque nuit.

Ce rêve merveilleux et atroce à la fois commençait et se terminait toujours de la même façon : elle sentait des bras musclés l'enlacer, un corps puissant se presser contre son dos, l'enveloppant dans sa délicieuse chaleur. Puis une voix profonde et basse lui chuchotait à l'oreille des mots doux qu'elle ne parvenait pas à comprendre.

Et brusquement, elle se réveillait, seule et dévorée par le manque.

Mais cette fois, la voix paraissait plus distincte.

— J'ai quelque chose à te dire, Stella.

Les bras se resserrèrent autour d'elle.

— Tu es désirée, tu es aimée. Par moi.

Elle se mit à trembler.

Rêvait-elle ? Était-elle éveillée ?

— Je suis tellement désolé, trésor, murmura la voix chérie de Dante.

Non, elle ne rêvait pas !

Une émotion indicible l'envahit, lui faisant monter les larmes aux yeux.

— Tu ne peux pas imaginer à quel point je regrette les choses horribles que je t'ai dites. Je n'ai aucune excuse, hormis celles que tu connais sans doute déjà. J'avais peur. Je ne voulais rien ressentir. Je ne voulais pas m'attacher à toi.

Elle ne put retenir un sanglot.

— Tu m'as dit que tu savais quel genre d'homme j'étais. Mais moi je ne savais qu'une chose, que j'étais celui qui avait abandonné sa mère parce qu'elle ne me montrait jamais le moindre signe d'affection. Et ensuite, elle est morte. Et peut-être que, si je n'étais pas parti, si je n'avais pas voulu autant me faire aimer d'elle, j'aurais pu la sauver.

Incapable de résister plus longtemps, Stella se retourna dans ses bras, le cœur battant à tout rompre.

Elle ne rêvait pas, Dante était bien là en chair et en os, ses yeux luisant farouchement dans la pénombre. Tout habillé, les joues non rasées.

Il avait l'air épuisé et désespéré, mais il n'en demeurait pas moins l'homme le plus somptueux de la terre.

— Tu es là, dit-elle d'une voix rauque en levant la main pour lui caresser la joue. Tu es vraiment là…

— J'ai eu la visite de mon frère, répliqua-t-il sans sourire. Il m'a dit que tu l'avais appelé parce que tu t'inquiétais pour moi.

— Oui, j'étais inquiète, et je ne regrette pas de l'avoir appelé.

— Je ne le regrette pas non plus. Enzo m'a dit que je me

comportais exactement comme ma mère, que je rendais tout le monde responsable de ma souffrance, que je repoussais ceux qui m'aimaient…

Il s'interrompit, reprenant son souffle.

— Tu m'en demandais trop, alors je t'ai blessée. Par égoïsme. Je t'ai malmenée.

— Dante…

— Mais tu avais raison d'en vouloir davantage, Stella. Tu comprends ? Tu avais *raison*.

Doucement, il referma la main sur la sienne.

— Il fallait que je m'arrête. Que je cesse de faire comme si tout m'était indifférent. De ne penser qu'à moi-même. Avant de devenir comme ma mère.

Doucement, il approcha sa main de ses lèvres et en embrassa les doigts un par un.

— Et surtout, j'avais besoin d'admettre que j'étais amoureux de toi. Parce que je t'aime, Stella. Je crois même que je suis tombé fou amoureux de toi dès l'instant où je me suis réveillé et t'ai vue pointer un pistolet sur ma tête. Peut-être même dès que je t'ai aperçue à l'entrée du club.

Elle avait le cœur si plein qu'il allait sans doute exploser.

— C'est ça que tu es venu me dire ?

— Oui. Et pour m'excuser.

Une ombre de sourire passa sur sa belle bouche sensuelle, mais son regard restait torturé.

— Et pour te dire que j'aimerai notre enfant aussi fort que je t'aime. Et que mon cœur t'appartient – si tu en veux. Mais si tu n'en veux pas, je te laisserai tranquille. Je ne reviendrai plus jamais t'importuner.

Elle laissa une larme puis une autre glisser sur sa joue. Incapable de prononcer un mot, elle rapprocha les lèvres de celles de Dante pour les effleurer.

Il la reprit aussitôt dans ses bras et la serra contre lui avant de la faire rouler sur le dos et de s'allonger au-dessus d'elle.

— Tu sais ce que cela signifie, n'est-ce pas ? Que je ne te laisserai plus jamais me quitter.

Levant les bras, elle les referma sur la nuque chaude et douce pour l'attirer farouchement contre elle.

— Et moi, je ne veux pas que tu me laisses partir. Je veux que tu me gardes avec toi pour toujours, mon chéri.

— Sinon ?

— Sinon je serai forcée de te supprimer, répondit-elle après un instant de réflexion.

— Je préfère que tu m'aimes, trésor, déclara Dante avec un sourire qui l'atteignit en plein cœur.

Épilogue

— Où est ma cousine ? demanda Simon en fronçant les sourcils.

Enzo, qui tenait son fils par la main tandis qu'ils patientaient dans le couloir à côté de la porte de la chambre de Stella, le regarda d'un air sévère.

— Où sont passées tes bonnes manières, Simon ?

— Excuse-moi, *papá*, marmonna le petit garçon. Où est ma cousine, *s'il te plaît* ?

Dante sourit à son neveu.

— Elle dort.

— Mais, et mon cadeau ?

— Elle est encore toute petite, lui expliqua patiemment Dante. Et elle a besoin de beaucoup de sommeil. Tu lui offriras ton cadeau demain.

— Demain ? s'exclama Simon en roulant des yeux. Mais c'est dans *trop* longtemps !

— Je vais te ramener à la maison, intervint Enzo, l'air exaspéré.

Il se tourna vers Dante, qu'il avait déjà félicité avec chaleur.

— Comment va Stella ?

— Bien, merci.

L'accouchement avait été difficile, mais elle avait fait preuve d'un courage et d'une force inouïs. Pas comme lui…

— Et Sofia ?

Dante sourit aux anges.

— Elle est parfaite.

— Bon, il va falloir que toi aussi tu te reposes, maintenant, répliqua son frère. Tu as l'air épuisé.

Peut-être, mais il ne s'était jamais senti aussi bien de sa vie.

Après le départ d'Enzo et de Simon, Dante rentra sans faire de bruit dans la chambre où dormaient Stella et leur petite fille.

Sofia était réveillée, ses yeux foncés – qui deviendraient bleu argenté, il en était certain – se tournèrent vers lui.

Il demeura immobile à côté du berceau, le cœur lui martelant les côtes.

Jamais il n'avait ressenti une telle joie, une telle fierté.

Délicatement, il vérifia que sa fille était bien couverte et attendit qu'elle se rendorme avant de se rapprocher du lit de Stella.

Quand il s'assit à côté d'elle, sa femme adorée battit des cils et lui prit la main en souriant.

Dante lui caressa la paume du bout du pouce et sourit à son tour. À présent, sa joie était complète.

— Tu as été fantastique, mon amour, dit-il, serein. Je n'aurais jamais soupçonné qu'il fallait autant de force pour mettre un enfant au monde.

Le sourire de Stella illumina tout son beau visage.

— Tu n'as pas été mal non plus.

— Tu parles ! s'exclama-t-il en riant. J'ai été lamentable…

— Tu n'as juré et crié que deux fois. Et tu n'as embêté personne.

Elle était vraiment gentille. Rester à ses côtés sans rien pouvoir faire pour l'aider alors qu'elle souffrait atrocement, cela avait représenté l'épreuve la plus difficile de sa vie.

— Tu m'as montré l'exemple. Le peu de force que j'ai eu, c'est toi qui me l'as donné.

— J'ai été forte parce que tu étais là avec moi, répliqua-t-elle en resserrant les doigts autour des siens. Nous nous sommes donné mutuellement de la force, mon chéri.

Elle avait raison. Et ils l'avaient fait par amour.

— Je t'aime, Stella, dit-il en portant la main fine à ses lèvres.

— Je ne me lasserai jamais de te l'entendre dire, murmura-t-elle, les yeux scintillants de magnifiques reflets argentés.

— Tant mieux, mon amour, parce que j'ai bien l'intention de te le répéter chaque jour et jusqu'à mon dernier souffle.

Vous avez aimé *L'enfant d'une vendetta* ?
Retrouvez en numérique l'intégrale de la série
« Héritiers italiens ».

1. *Le secret d'Enzo Cardinali*
2. *L'enfant d'une vendetta*

Retrouvez en février 2021, dans votre collection

AZUR

Piégée par Cristiano Velasquez, de Jackie Ashenden - N°4301

Destin ou hasard ? Lorsqu'il sauve des rues de Paris l'intrépide Leonie, Cristiano Velasquez, duc de San Lorenzo, ignore encore qu'il s'agit de la fille disparue de son plus grand ennemi. Or, maintenant qu'il connaît la vérité, il compte bien prendre sa revanche sur le clan de Riero… en épousant la jeune femme ! Puisque celle-ci ne sait rien de ses origines, il ne devrait pas être trop difficile pour lui de la séduire. Surtout s'il en croit la lueur de désir qui brûle dans le regard farouche de la belle…

Liés par un baiser, d'Annie West - N°4302

Chaque nuit, Stéphanie se rappelle cette soirée à Melbourne où Damen Nicolaides l'a embrassée. Si ce baiser fiévreux l'a étourdie et bouleversée, elle a vite compris qu'il n'avait aucune signification pour son auteur. Humiliée, elle s'est alors juré de garder ses distances avec cet homme odieux. Pourtant, quand celui-ci la demande en mariage, elle est tentée d'accepter. Après tout, il ne s'agira que d'un pur arrangement entre eux, permettant à Stéphanie de sauver sa famille. Et sans que jamais les sentiments s'en mêlent…

Passion au Castello, de Melanie Milburne - N°4303

Une bâtisse de pierre, couverte de lierre. Un jardin d'herbes folles et de rosiers sauvages. Le *Castello* Mireille semble à l'abandon, et pourtant il représente l'univers d'Artemisia. Trop craintive du monde extérieur, elle ne l'a pas quitté depuis des années… C'est donc avec stupeur qu'elle apprend que son antre a été hypothéqué par sa famille. Pire encore, si elle veut pouvoir rester chez elle, Artemisia va devoir accepter la demande en mariage de Luca Ferrantelli, le nouveau propriétaire du château…

Un royal play-boy, de Natalie Anderson - N°4304

Épouser Alek Salustri, prince de Triscari ? Pour Hester, l'idée est aussi folle que dangereuse. Quand bien même ce mariage temporaire permettrait à Alek d'accéder au trône, elle redoute en effet d'avoir le cœur brisé, une fois qu'il y mettra un terme. Jamais un homme comme lui ne s'intéresserait à une simple secrétaire, hors du cadre de cette union de convenance ! Or, alors qu'elle a toutes les raisons de refuser la proposition du prince, Hester se surprend à lui dire oui…

L'héritier d'un Italien, de Lynne Graham - N°4305

Beau, riche et impitoyable, Raffaele Manzini obtient toujours ce qu'il veut. Et aujourd'hui, c'est une femme qui représente son plus gros défi. S'il veut hériter de l'empire de son grand-père, il doit en effet convaincre Maya Campbell de l'épouser… et de lui donner un enfant ! D'abord choquée par la proposition du bel Italien, Maya accepte cette union de convenance, pour sauver sa famille de la ruine. Mais elle se fait alors la promesse de ne pas céder à l'attirance que son fiancé trop cynique exerce sur elle…

Mystérieuse princesse, de Kandy Shepherd - N°4306

La princesse Natalia en a plus qu'assez d'obéir aux injonctions royales. Certes, il lui faudra bientôt monter sur le trône, épouser un homme de son rang pour offrir un héritier au royaume de Montovia. Seulement, aujourd'hui, c'est incognito qu'elle assiste au mariage de ses amis, à Sydney. Et le mystérieux Finn, cet homme qu'elle ne peut s'empêcher de dévorer des yeux, ne doit pas découvrir son identité, sous aucun prétexte. Car, alors, leur rencontre bouleversante pourrait bien perdre de sa magie…

Un prince pour Bianca, de Jennifer Faye - N°4307

SÉRIE : *L'HÉRITAGE DES BARTOLINI* - 1/3

Wedding planner de talent, Bianca Bartolini croit son jour de chance arrivé quand on lui présente le très influent prince Leo de Patazonie, qui lui propose d'organiser ses noces, dans son pays. Persuadée d'avoir décroché le contrat du siècle, elle s'envole vers le petit paradis méditerranéen… Un paradis qui se transforme vite en enfer. Le somptueux mariage qu'elle est censée organiser est une mascarade que le prince a imaginée pour rassurer son peuple et accéder plus vite au trône. Pire encore, c'est elle que Leo a choisie comme épouse !

Promise à un magnat grec, de Maya Blake - N°4308

SÉRIE : *AUDACIEUX MILLIARDAIRES* - 1/2

Promise à un inconnu ! Sous le voile de tulle immaculé, je ressens une grande détresse. D'ici peu, je serai l'épouse d'Axios Xenakis, celui que mon père a choisi pour moi. Comme tout le monde en Grèce, je connais la réputation du magnat de l'aéronautique au succès fulgurant. J'admire sa beauté sur le papier glacé des magazines. Mais de l'homme, j'ignore tout. J'ignore quel mari il sera, alors que nos deux familles se vouent depuis longtemps une haine manifeste. J'ignore surtout si je saurai écouter la voie de la raison, en lui résistant à tout prix…

Cet amant inoubliable, de Dani Collins - N°4309

SÉRIE : *FRÈRES RIVAUX* - 1/2

Jamais Kiara ne regrettera la nuit délicieuse qu'elle a passée dans les bras de Valentino Casale. Certes, au petit matin, son amant s'est révélé aussi froid que leur étreinte a été brûlante. Mais une petite fille est née de cette union éphémère. Alors qu'elle a gardé son trésor secret durant trois ans, Valentino vient de découvrir l'existence de la petite et exige que Kiara l'épouse. Pour le bien de son enfant, elle n'a alors d'autre choix que d'accepter le retour de Valentino dans sa vie et dans son cœur…

L'épouse d'une vengeance, de Tara Pammi - N°4310

« Marions-nous, Alessandra. » Vincenzo est le premier surpris par la proposition qu'il fait à sa maîtresse. Au départ, poursuivre l'héritière Giovanni de ses assiduités faisait partie de son plan. Après avoir découvert le lien de parenté de la jeune femme avec son ennemi juré, il avait décidé de faire d'elle l'objet de sa vengeance. Mais l'épouser ? Lui, le célibataire endurci, n'est pas du genre à convoler ! Alors qu'Alessandra promet de l'aimer pour toujours, Vincenzo se demande si la situation n'est pas en train de lui échapper…

Une troublante invitée, de Bella Frances - N°4311

Pour qui se prend cette Tara Devine ? Michael enrage. Non contente de le traiter avec un mépris amusé, la jeune créatrice de mode évolue dans un milieu superficiel qu'il déteste. Et puis, surtout, elle a une mauvaise influence sur sa petite sœur. Or protéger Fernanda est capital pour Michael. Alors, pourquoi réagit-il aussi vivement face aux courbes plantureuses de Tara ? Il ne souhaiterait rien tant que d'oublier ce désir malvenu, hélas la jeune femme vient d'être conviée pour quelques jours dans la demeure familiale des Cruz, à Barcelone…